魔豆

異の眼房東

日常生活 03

夜半門鈴

香草——著

異眼房東の日常生活

【人物介紹】

劉天華

愛好研究風水命理的大學生。
與家裡鬧翻，當起神棍賺取生活費，時常在赤字邊緣求生存……
安然的損友兼鄰居。

安然

外表清秀，性格老實，
看起來很好欺負的模樣。
擅長家務與烹飪，
職業是會計。

林俊

容貌帥氣，衣著時髦，
性格開朗卻有少爺脾氣。
傲嬌屬性的大學生一枚。
與安然同住中。

林鋒

體格壯碩，眼神銳利，
左臂有大型刺青，武藝高強。
專門處理林家見不得光的事！？
目前與安然同住中。

白樺

深藏不露特案組組長，
聰明且身手不凡。
長相精緻，有著獨特魅力。
傳說中林鋒高手的勁敵！？

王欣宜

不知世途險惡的千金小姐，
性格單純如白紙。
因為受著萬千寵愛而變得驕恣。
與林俊有著糾葛的關係……

異眼房東の日常生活 03

目錄

楔子

完成了每天的鍛鍊，並洗了舒舒服服的熱水澡後，林鋒便在電腦前坐下，開始了一天的工作。

安然總以為林鋒是個沒工作的家裡蹲，其實他一直有職務在身。只是因為近期有著由父親直接下達的奇怪任務，因此林鋒便把負責的工作暫時交給下屬，一些必須由他親自處理的事情，則經由網路解決。畢竟他們林家的事業已持續了三代，名下公司皆進入正軌，多得是有能力、有魄力處理各種事務的下屬。

按下電腦螢幕上的通訊顯示，林勇的容貌很快便出現在螢幕上：「阿鋒，你找我？」

對於這名兄長，林鋒一向非常敬重，而林勇也的確承擔得起林鋒的敬佩。他從小便展現出商業方面的天賦，現在林家的產業大部分都是由他打理。在他的管理下，林家商業王國的版圖可是擴充了足足一倍！

「是的，大哥，我想問問安然的事情。你差不多也該告訴我們，爲什麼父親要求我與阿俊租住在安然那裡，並且向你們報告他的事情了吧？」說到正事，林鋒本已嚴肅的神情，下意識變得更加肅穆，抿起的嘴角透著傲然的弧度。

林勇笑道：「想不到一直默默接下父親命令的你，會主動詢問我任務的目的。這是不是表示，對於安然這個人，你比我想像中還要看重？」

「他救過阿俊的性命，而且個性不錯，是我認下來的兄弟。」林鋒直接承認兄長打趣般的猜測。

聽過林鋒的話，林勇並沒有立即回答，反而沉默了片刻，問道：「阿鋒……你認爲他眞的能夠看見鬼魂？」

林鋒斬釘截鐵地回答：「我相信。雖然我無法看見，但那幾天發生的一連串事情，卻只有安然的說法才能夠解釋。」

「這樣啊……阿鋒，安然是我們林家流落在外的血脈。」林勇嘆息了聲，說道。

「什麼!?」林鋒聞言，臉色立即變得很難看：「難怪大哥叫我偷拿他的頭髮，原來是爲了拿去檢驗嗎？難道是父親……」

「不，你想到哪裡去了。」林勇哭笑不得地打斷弟弟的猜想：「別胡亂猜測，他並不是父親在外面與情婦生下的孩子。雖然他不姓『林』，但他確實流有林家血脈。現在他的父母都過世了，父親便想把人接回來照顧。」

「那爲什麼不直接把人接回來？而且安然似乎不知道他與林家的關係。」林鋒疑惑了。

「其實我知道的也不多，只確定這涉及長輩之間的恩怨，並不是我們所能議論的。總而言之，爺爺並不知道安然的存在。即使知道了，也不會承認他的身分。因此父親正在想辦法，尋找能夠讓爺爺接受安然的契機。另外，安然只是個普通人，要是將來把他接回林家，爲了他的安全，那些敵對勢力也須要打壓、甚至是清洗一番。在此之前，安然的身分暫時保密，你與阿俊先留在他的身邊保護他安全。」

對於父親要求他與林俊租住在安然那裡一事，林鋒曾想過很多不同的可能性，卻從來沒想過對方竟然與他有親屬關係。

畢竟林家人口並不多，早已退休的老爺子只有一名獨生子，也就是林勇他們的父親。難道安然是爺爺在外面與別人生下的……想到安然的年紀，再推算當時老爺子的年紀……饒是林鋒心性沉穩，也不由得嘴角一抽，心裡讚歎一聲——爺爺真是老當益壯！

但仔細想想又覺得不對，如果真如他的猜測，那麼爺爺爲什麼會不願意承認安然，反而是父親想把人接回林家呢？

百思不得其解，林鋒便先把這個問題放下。雖然不明白其中因由，但林鋒這時了解父兄所做的準備都是爲了安然著想。既然如此，他便決定靜觀其變，反正他想知道的事情，總有一天會知道的。

「要把這事情告訴阿俊嗎？」

聽到林鋒的詢問，林勇想了想，道：「告訴他吧！不然以阿俊的性子，將來知道我們獨獨只隱瞞著他，眞不知道會鬧出什麼麻煩。聽說他與安然這孩子的關係不錯，把事情告訴他，也免得他總以爲我們要對付安然，防賊似地防著我們。」

林鋒聞言頷首：「我明白了，我會找機會跟他說的。」

「另外，給你一個心理準備，你們有麻煩了。」說到這裡，林勇鏡片後的雙目閃過一絲幸災樂禍：「欣宜已經查出阿俊的住處，應該不久便會去找你們吧？」

聽到欣宜這個名字時，林鋒也不禁嘴角勾起一道苦笑：「也好，事情總要有個了斷。不過如此一來，阿俊大概要吃點苦頭了吧？雖然這事情說不上誰對誰錯，可是欣宜被他這樣落了面子，阿俊總要對她有個交代，他這個虧是吃定了。」

林勇笑道：「誰說不是呢！幸好欣宜雖嬌蠻了點，但心地不壞，阿俊頂多是吃點苦頭，倒不會讓我們兩家因而生嫌隙。這事情你便不要插手了，阿俊從小被我們寵著，讓他吃點虧也不錯。」

林鋒頷首道：「正該如此。」

異眼房東の日常生活

第一章・拍皮球的小女孩

安然最近因某些事情深受困擾。

事情要從不久前在公園發生的一場意外說起，因爲鞦韆架突然倒塌，導致一名孩子當場死亡。

這件事看起來本是沒有可疑的意外，就連孩子的家長也認爲是兒子運氣不好，誰都不認爲事情有任何疑點。

起初安然也覺得這只是場可悲的意外，然而一次與陳清的閒聊中，卻聽到一件讓他感到震驚的事情。

白樺告訴陳清，他在案發現場聽到了可疑的聲音。根據白樺的形容，那是類似拍打皮球的聲響。

聽到這個形容時，安然愣住了。

至今安然仍清楚記得一個年幼的女孩，於夜色中獨自拍打著皮球，嘴巴不停唸著：「八十二、八十二、八十二……」

昏黃的街燈把女孩的影子拉得長長的，然而女孩手中拍打的皮球，卻照不出該有的影子。

小女孩持續著拍打皮球的動作，頭部卻一百八十度地緩緩轉過來……

想到那恐怖的一幕，安然連忙甩甩頭，把腦海中的恐怖畫面甩走！

因爲白樺聽到的皮球拍打聲，讓安然對公園死亡意外有了聯想，隱約覺得那個男孩的死亡似乎並不是單純的意外。

不過身爲普通的小市民，眞相如何並不是安然特別掛心的事情。即使如此，安然心裡還是產生了陰影，這段時間都選擇繞遠路，已經好幾天沒經過那個出事的公園了。

他總覺得最後一次看到那個小女孩時，從孩子的視線中感受到一種無法忽視的惡意。如果那命案眞是紅衣女童從中作祟，難保對方也會對他不利。

於是安然決定——惹不起的話，躲開還不行嗎？

本來事情到這裡，應該就沒有安然的事了，然而沒想到卻有了出乎意外的後續發展……

在香港，一般喪禮會選擇在殯儀館舉行，然而也有些人會選擇較冷門的儀式，比如路祭。

那個意外身故的小男孩，他的家人便選擇爲他舉行路祭。靈堂設在距離小巴站不遠處，如果安然要避開公園，便要從靈堂旁邊經過。

再三猶豫過後，安然選擇靈堂這條路線。

畢竟公園那裡的中獎率太高了，靈堂路線則未必有鬼。

然而事實卻甩了安然一個耳光，告訴他實在是太傻、太天眞了。

當安然快步從靈堂外經過時，突然聽到身旁傳來皮球拍動的聲響！

響聲其實並不大，卻瞬間勾起安然的惡夢。安然心裡掙扎許久，最終鼓起勇氣往聲音來源方向看去，果見在受害者的靈柩旁，正站著那個拍著皮球的小女孩。

有了先前的經驗，這次安然立即把注意力投放在女孩手中的皮球。

果然還是沒有影子！

隨即便聽到女孩一如以往般數著：「八十一、八十一、八十一、八十一……」

咦！不是「八十二」嗎？

安然愣了愣，好奇心掩蓋了心中的恐懼，忍不住凝神打量女孩到底有什麼不同之處，以致連她每次都一模一樣的台詞變得不同起來。

在安然的觀察下，發現女孩手中規律上下彈跳著的皮球，是由一片片皮革縫製而成。

而且，安然總覺得那些皮革的顏色，以及皮革上那感覺有點突兀的坑洞，都給他一種熟悉的感覺。

從皮革上的坑洞看去，能看出這顆皮球並非空心的。似乎是由一層又一層的皮革重疊後縫製而成。也不知道這實心的皮球，爲什麼彈跳力那麼好。看女孩拍打時淡然的神情，像是一點兒重量也沒有似的。

而且那些皮革看起來簡直就像一張張沒有眼珠子的臉啊……

等等！

這麼說來，那些皮革的形狀，不正是從臉上剝下來的臉皮嗎!?

安然被這個剛冒起的想法嚇到了。想想那顆皮球雖不算很大，但也絕對不小，要是它眞是由臉皮重疊、縫製而成，到底需要用多少張臉皮才能做得這麼大啊!?

而且這些臉皮的面積也太小了吧？簡直像是從小孩子的臉上剝下來似的……

一個想法突然從安然腦海中浮現。

現在不正是一個孩子的喪禮嗎？

難道那個男孩的死亡，與這個紅衣女童有關聯？

該不會那顆皮球的材料，是人皮吧……

這個想法一出，安然頓時心裡發毛，立即移開視線，再也不敢盯著皮球看，頭也不回地跑回家裡。

然而，那顆皮球是由人皮製成的想法，卻一直盤踞在他的腦海裡，揮之不去。

尤其是想到那個小女孩口中一直叨唸著的「八十二」，在意外發生後，卻變成了「八十一」，彷彿是她正倒數著什麼……

唔唔唔！該不會她正數著的，是人皮的數目吧？

說不定那女童看似年幼，其實是活了千年的天山童姥（？），正在修煉要剝足一百張臉皮才能夠煉成的九陰神功（？）吧？

光是想像女孩剝臉皮的情況，安然便起了一身的雞皮疙瘩，覺得多次遇上女童的自己特別不安全啊！

就在此時，安然的肩膀被人從後方拍了一下。

安然嚇得全身一震，猛然回首，只見把他嚇一大跳的劉天華，笑著向他揮手打了聲招呼：「嗨！」

安然面無表情地看著對方那張笑嘻嘻的蠢臉——好想狠揍他一頓啊，怎麼辦!?

劉天華對安然的怒火不以為然，反倒興致勃勃地打量著安然的臉，直至看到對方快炸毛了，他這才說道：「怎麼你的氣色就是不見好轉呢？最近又被別的東西糾纏上了嗎？氣色比先前還要差。」

劉天華話一出口，便見安然像個被霜打的茄子般蔫了。

劉天華並沒有急著詢問，逕自取出鑰匙打開大門。果然，魂不守舍的安然也尾隨著踏入他家門，一副想與他詳談的樣子。

伸手戳了戳安然的額頭：「別裝死，你到底又招惹了什麼麻煩？」

「其實我真的不是故意的……」安然覺得自己很無辜。無論是上上次的炸屍案女鬼，還是上次的女藝人叮鈴，甚至是這次拍皮球的小女孩，都不是他故意去招惹的啊！

在公園初次遇上紅衣女童時，他只是好心地想要幫助那個小女孩，又怎預料得到竟會因而惹得一身腥？這年頭當好人就那麼辛苦嗎？

聽過安然一臉委屈地述說紅衣女童的事，劉天華神情頓時變得非常嚴肅，這讓安然心裡咯咚一聲，深感不妙。

回想之前林俊被女鬼附身、把髒東西帶進家裡那一次，劉天華雖然也是早早看出他氣色不對，可是遠沒有這次一副嚴陣以待的模樣。

那次爲了救回被厲鬼纏身的林俊，安然差點沒命。可這一次，劉天華的態度卻遠比上次來得認眞嚴肅……難道，那個紅衣女童眞是殺人如麻的天山童姥嗎!?

「安然，聽了你的描述，我覺得那個女童並不只是普通的鬼魂那麼簡單。」

所以果然是天山童姥？

沒有理會安然複雜的心情，劉天華續道：「她似乎是邪靈，只是不知道這害人的東西有沒有主。」

「有沒有主是……什麼意思？」難道天山童姥還不是最恐怖的，背後還有更難對付的幕後大BOSS嗎？

「怎麼說呢……最近我經過公園時，已發現那裡積累著很濃郁的煞氣。那些舉行路祭的同行還偷偷告訴我，他們在招魂時，根本無法把出事小男孩的靈魂招回來。現在聽了你的描述後，我猜那個拍打皮球的女童，應該是用了一些祕術來禁錮、甚至吞噬了其他靈魂。你看見的那顆人皮皮球，也許便是她所蒐集的魂魄的具現形態。這些邪靈要不是是用這種方法來修行、增加本身的靈力，便是受到術士驅使。第一種狀況還好，只要將她消滅就可以了。如果是第二種……能夠操控邪靈的術士一定不好惹，也無法用法律來制裁他。」劉天華耐心地爲什麼都不懂的安然講解著。

「受到術士驅使……就像古曼童之類？」

劉天華頷首：「利用古曼童納財，也是控靈術的一種。」

「那……如果那邪靈眞是人爲驅使，就沒有人能管嗎？一直任由她去害人？」

「總會有人處理的，可是這不是我們這些小人物能夠知道的事情。總而言之，我會查一下相關資料，你這段時間小心一點，我總覺得你已經被人盯上了。」

「嗯，我會小心的。」雖然安然覺得，要是眞的被背後黑手盯上，他再小心謹慎其實也沒有什麼用。「你說如果我找唐銘幫忙的話，他能夠對付那些邪靈嗎？」

劉天華立即誇張地雙手捧心作傷心狀，並露出哀怨的表情：「皇上，你竟然有了新歡便嫌棄臣妾！」

安然嘴角一抽，隨即語重心長地說道：「天華，你別再看那些宮鬥劇了。尤其你學不到人家女主角的智慧與心計，只會愈看愈腦殘。」

劉天華聞言，露出誇張的神情，淒然地哀叫：「臣妾做不到啊！」

安然：「……」

□

安然心事重重地回到家裡，很快便發現林俊看他的眼神非常古怪。

對方那充滿著審視、複雜得不得了的注視，實在讓安然想忽略也難。

本來便因爲遇上紅衣女童一事感到煩心，安然也沒有心情去猜測林俊的心思，乾脆直接詢問：「你怎麼這樣看我？」

面對安然的詢問，林俊立即心虛地移開視線：「不，沒什麼……」

有古怪！

以林俊天不怕、地不怕的個性，從來沒有什麼事情須要迴避的，何況面對的人是他？

就在安然心裡猜測著，林俊到底做了什麼對不起自己的事情時，林俊已一臉煩躁地抓了抓頭髮，道：「好啦！你不要胡亂猜測了。今早大哥聯絡我們，說我的表妹，也就是我的前未婚妻王欣宜，已經查出我現正租住在你家，應該很快便會過來找我了。只是這樣而已，沒什麼別的原因。」

安然瞪大雙目，這還眞是不得了的大事啊……

「由於欣宜還是個學生，所以我猜她要過來的話，應該也會選擇假日。無論如何，這幾天我會離開這裡躲一下。要是她找上來，你便找個理由把她打發走吧。」

不理會安然臉上的八卦表情，林俊再次露出唯我獨尊的高傲神色，開始向安然頤指氣使起來。

「喂喂！那是你的未婚妻，怎能丟給我處理？」這種家庭糾紛最麻煩了，安然絕對不願插手。

「是前未婚妻。」林俊糾正了安然的稱呼後，便一副死豬不怕滾水燙的神情說道：「反正我是走定了，只是通知你一聲而已，可不是詢問你的意見。」

「可惡！我也走到朋友家避難不行嗎!?」安然連忙表明撒手不幹的態度。

林俊卻老神在在地笑道：「跑得了和尚跑不了廟，那個瘋丫頭找不到人，往你家大門潑紅油漆也沒關係嗎？」

安然都快被林俊氣死了，沒見過那麼不要臉的！

林俊安撫地拍了拍安然的肩膀：「其實我也是爲你好，瘋丫頭長得滿漂亮的，看你至今仍是打光棍，要好好把握機會啊！」

被戳中痛處的安然惱羞成怒：「滾！」

笑嘻嘻轉身跑掉的林俊，在安然看不到的角度暗暗鬆了口氣。

好險，聽過安然的身分後一時控制不住表情，差點便被他看出馬腳了。幸好本少爺反應快，把話題轉移開去。

無論是紅衣女童的陰影，還是林俊未婚妻的事情，都讓安然煩心不已，甚至還令他難得失眠了。

無奈生活還是要繼續，第二天一早，安然即使昨晚睡得再不好，也還是要起來上班。

打了個大大的呵欠，安然告誡著自己眞的要好好調適一下心情了。自從莫名有了見鬼能力後，這種狀況恐怕只會多不會少，總不能遇上煩心事就失眠，這樣會短命的耶！

路經監視器螢幕時，安然的眼神不自覺投放在螢幕上，繼續每天已成習慣的焦炭君生態觀察。

嗯，焦炭君今天依然黑得發亮。

「安然早。」敏兒笑著向安然打了聲招呼，心裡感慨著即使遲到，她與青年的上班時間總是如此一致。

「早安。」安然頷首，隨即便見敏兒按了焦炭君所在電梯的按鍵，想要阻止已經來不及了。

「這部電梯沒人使用啊！你剛剛怎麼呆站著不按鈕？」敏兒笑語盈盈地與安然說話時，電梯大門已徐徐打開；果然不出所料，焦炭君正背對著大門，站在角落處面壁。

因為焦炭君在，我不想與他共處一室，人家好怕怕啊！！！

安然努力保持著臉上的冷靜，然而內心卻有很多小人在尖叫。

「這部是先前出了事故的電梯……」

「對喔！」敏兒這才發現到安然的忌諱，隨即安慰對方：「不過都事隔那麼久了，維修公司不是檢查過說沒問題嗎？而且大家使用時，都沒有再發生其他事情了啊。」

見安然對她的話不為所動，依然堅持要等其他電梯，敏兒以開玩笑的語氣說道：「該不會你上次告訴我，看到的那個燒得焦黑的鬼魂，現在仍在電梯裡吧？」

女子歡快的笑容，在看到安然眨也不眨地盯著電梯內的嚴肅表情時，漸漸變得勉強起來：「呃……反正時間還早，等一下也沒關係。」

說罷，敏兒便放開了按鈕。在電梯門關上時，她還好奇地往裡面打量一番，可惜卻看不到任何可疑的東西。

尷尬的氣氛充斥在兩人間，直至走進另一部電梯後，兩人都沒有再說話。

爲了打破沉默，安然再度展開話題：「說起來，我記得妳當時還對王家恆的事情很有興趣，特意跑到七樓去打聽。」

一提及八卦，敏兒立即表現得相當興奮：「對對!!我這幾天又打聽到一些消息了。我告訴你，那個王家恆眞的已經不在人世了！」

安然聞言，並沒有表露出任何意外的表情。心想他當然不在人世，不然我每天在監視器系統看見的是什麼!?

安然那副不以爲然的表情刺激到敏兒，女子繼續爆料，誓要讓身旁一臉淡然的同事刮目相看：「本以爲那位王幸運兒的故事已經夠戲劇性，想不到他那個便宜老爸的發跡也同樣狗血，都可以拍成一齣電視劇了。」

「嗯？怎麼說？」安然總算被她勾起一些興趣了。

「聽說王得全當年是個窮小子，好不容易憑著獎學金上了大學，之後更獲得校花的青睞。男的俊俏、女的秀麗，當時在學校是人人羨慕的一對。後來王得全俊朗的外貌吸引了一名千金小姐的注意，那個女的還誓言非君不嫁。本來大小姐家裡是反對的，但那小姐是個死心眼，而且王得全除了出身外，無論是相貌還是成績都是上上之選，最終千金小姐的父母還是妥協了。只要王得全點頭，便能抱得美人歸。最重要的是，那個大小姐是獨生女。也就是說，當她的父母百年歸老以後，那些留下來的遺產全都會由大小姐與她的丈夫繼承。」

「於是王得全便果斷地拋棄了身懷六甲的初戀情人，轉而與富家小姐結婚。婚後憑著妻子娘家的幫助，再加上本身的實力，很快便把身家翻倍再翻倍。後來妻子的父母過世，完全接手集團的他因爲年老無子，便特意前來香港認回王家恆。可惜王幸運兒英年早逝，剛認了父親不久便急病死了。」

這個拋棄糟糠、爲了錢轉投有錢女子懷抱的故事的確滿狗血的，王得全實在是渣男中的戰鬥機啊……

看到安然聽著聽著開始心不在焉起來，敏兒「嘖嘖」地搖了搖食指，道：「接下來才是重點，也是我憑著努力與堅毅，孜孜不倦地尋求到的爆點喔！你眞的不想聽嗎？」

是憑著好奇與八卦，喋喋不休地打探到的東家長短才對吧？

雖然忍不住在心裡吐槽，但安然不得不承認他的好奇心確實被敏兒勾了起來，便順著女子「問我吧！快問我吧！」的注視，如她所願般追問：「接下來妳還打聽到什麼有趣的事情嗎？」

看到安然那麼配合，敏兒露出一臉「算你上道」的表情，笑道：「最奇怪的事情是，小霞說……啊，小霞就是七樓的接待員，她說打探到王家恆的便宜父親原來患了重病，正因爲快要死了，才急著在死前把兒子找回來。怎料兒子找到了，可是王家恆卻反而比他早死，白髮人送黑髮人呢！反而本以爲快要不行的王得全，病情卻突然有了起色，聽說原本糾纏著他的頑疾更是不藥而癒。小霞說呢，這簡直就是……」說到這裡，敏兒下意識壓低了聲音，續道：「簡直就是兒子代替他死亡一樣。要是眞的認個兒子便有這種奇遇，那王得全這個兒子眞是認得値了。」

聽到敏兒這番話，安然心頭一動。

安然本就覺得焦炭君的鬼魂形態有點奇怪，根據他一直以來的觀察，鬼魂展現出來的形態要不是生前完整的樣子，大多便是死亡時的模樣。有時候一些鬼魂也會幻化成其他東西，但這種狀況很少，而且大多是有目的性的。基本上安然所看見的，還是前兩者佔絕大多數。

如此一來，焦炭君先是剖腹開胸，隨即被燒成焦炭的形態便很耐人尋味了。那副樣子總不可能是他生前的模樣，然而如果是他死亡時的樣子……

根據敏兒打聽得來的情報，王家恆是因為急病過世。然而安然沒有忘記他初次看見焦炭君時，對方轉身便是一副被人剖腹開胸的恐怖模樣，後來更自燃成一堆灰燼，從此便一直以人形焦炭的形態出現。

難道是在手術過程中出了什麼差錯，醫生誤以為焦炭君已經死亡，便把屍體進行火化，最終把他活活燒死？

安然只想到這麼一個可能，然而這唯一的猜測卻有著太多站不住腳的地方。比如焦炭君即使被誤以為死亡，那麼屍體火化前總會進行一些儀式，不可能這麼快便把它燒了。

想不通，安然決定果斷放棄思考這件事情。

這段時間遇上的怪事，足比安然前半生所遇上的加起來還要多。安然已很習慣事情想不通便先擱置著，不會把心思浪費在沒有線索的事情上。畢竟若是想不通，那所謂的推測就會成了胡思亂想，浪費時間不說，還會誤導自己。

聽過敏兒的八卦資訊後，安然對於焦炭君的身世有了更加直接的想法。

雖然當初因爲焦炭君的出現，安然確實被他嚇得夠嗆的。可是安然只要想到他的慘狀，以及被火焰焚燒時的模樣，卻又忍不住心生憐憫。

然而同情歸同情，安然還是不打算插手焦炭君的事情。正所謂不找死不會死，這段時間安然可謂深有體會。

異眼房東の日常生活

第二章．深夜拍門聲

下班時，路過監視器系統的安然，再次下意識看了看螢幕上的焦炭君。也許因爲上午剛從敏兒口中知悉對方的事，又或許是這段時間看焦炭君已經看習慣了，安然對他倒是沒有一開始的驚懼，取而代之的是對對方的同情。

聽完敏兒的八卦內容後，安然的心態有了微妙的轉變，總覺得彷彿有塊大石頭壓在他的心上，心情變得沉重起來。

安然抓了抓頭髮，最近實在有太多煩心事了，讓素來脾氣不錯的他，難得地處於煩躁狀態。總是皺著眉頭，臉上的溫和笑容也變得很少出現。

住在同一個屋簷下，林鋒自然察覺到安然近期的焦躁。他的態度是順其發展，反正安然再焦慮暴躁，也不敢把脾氣發在他身上。對方不主動告訴他原因，林鋒也不會追問。

至於林俊……這已經沒有他的事了。爲了躲避王欣宜，林俊今天一早已搬進朋友家裡避難。

這一晚，安然翻來覆去睡不著，正當好不容易有了些微睡意之際，家裡的門鈴響了。

「誰啊？三更半夜擾人清夢……」安然把被子蓋過頭頂，努力想抓住快要消逝的睡意。

偏偏門外那人卻很不識趣，完全沒有停下來的打算。門鈴聲響了一會兒後，安然竟然聽到有人在拍打他們家的大門！

嗯？那個人進入樓下大門了嗎？

安然家的門鈴在樓下大門旁，要進入安然家，必須先打開樓下大門，才能到達位於三樓的安然家門口。

能夠直接拍打他家大門，表示對方必定有著樓下大門的鑰匙。這麼一來，門外的人要不是住在樓下兩層的郭雨玲或劉天華，便是搬出去避難的林俊，又或是管理處的管理員。

對方如此不死心，都已經直接走上來拍門了，似乎是真有急事？安然只能嘆口氣，從睡床爬起來開門。

一般來說，大半夜應該不會有人找他才對。覺得事有蹊蹺的安然，並沒有輕率地立即打開大門，而是先從防盜眼看出去，看看站在門外的到底是誰。

然而安然從防盜眼看出去時，卻發現門外一個人也沒有。

因爲我動作太慢，所以對方離開了嗎？

雖然很好奇到底是誰這麼晚找他，不過安然認爲如果眞有什麼重要事情，對方應該不會如此輕易離開才對。

何況又不是八〇年代，現在不是有手機嗎？要是再有什麼問題，也可以打電話給他吧？

這麼想著，安然便心安理得地再度爬回床上睡覺。

怎料安然才剛把被子蓋好，拍門聲竟然又傳來了！

最近安然心情本已不太好，加上失眠狀況下，好不容易才剛生出睡意，現在被人如此不厭其煩地打擾，安然徹底怒了！

明明已經跑掉了，現在又來拍門到底想怎樣!?

要是以前，安然還會想對方是不是有什麼要事，現在安然卻完全不這麼想了。

對方根本是在耍人吧!?

安然不覺得這無聊的事情會是劉天華他們幹的，心想大概是有人撿到他們遺失的鑰匙，便前來惡作劇之類？

又或者是樓下的大門沒有關好，有人上來惡作劇？

聽說林俊這個大少爺在學校頗跩的，不會是一些看不得高富帥的同學，故意打探了他的住址後過來耍他吧？

腦海閃過不少猜測，安然快步衝至防盜眼前，想要在那個惡作劇的人還未跑掉前，看看對方到底長什麼樣子。不過很遺憾地，當安然把眼睛湊上防盜眼時，卻又不見那個吵得他無法安睡的罪魁禍首。

安然強壓著心裡的怒火，決定不回房間了，就這樣站在大門前。只要拍門聲再度響起，他便能立即反應過來。

然而等待期間，安然突然感到不對勁。

林鋒向來充滿警覺心，不可能到現在仍沒有下來察看。以安然對林鋒的了解，他應該在一開始門鈴響起時，便會下來看看才對。

可是直到現在，住在天台屋的鋒哥卻仍然沒有動靜？這不科學啊！

即使鋒哥沒有反應，被那個不負責任的阿俊交給鋒哥照顧、抱上了天台屋的妙妙也不可能沒有反應！

更何況眞的會有人這麼無聊，三更半夜跑到別人家門口惡作劇嗎？

安然愈是細想、愈感到不寒而慄，那小小的防盜眼在青年眼中頓時變得恐怖起來。

他忍不住開始胡思亂想，腦中想像著將會從這個防盜眼看見可怕的事情。

安然記得曾看過一個電影情節，主角從防盜眼看出去，正好看見一隻滿布血絲的恐怖眼睛從外面看進來！

想到這裡，安然摀住了額頭，心裡發出無聲尖叫。心想自己眞是哪壺不開提哪壺，這麼一想便覺得更可怕了，怎麼辦!?

安然愈想愈害怕，心裡的天平已開始傾向到樓上找林鋒的選項。可是被對方搞得睡意全消，再加上已站在大門前守了好一會兒，若現在離開，安然實在不甘心。

於是安然站在原地，朝樓上喊了兩聲林鋒的名字，可惜對方完全沒有回應。

爲什麼偏偏在這種需要鋒哥陪伴壯膽的時候，他就是睡死了不下來呢？

該不會是有什麼事情吧？

當安然決定上天台看看林鋒時，大門卻突然傳來「砰砰砰」的拍打聲，直把安然嚇了一大跳。

召喚共同冒險的夥伴！我一個人實在是有些承受不來……QAQ

可惜住在樓上的林鋒聽不見安然的祈願，依然沒有動靜。為免陷入「拍門的人又再次走掉、然後他離開、對方繼續拍門、趕過去看時已沒有人、他離開、對方再度拍門」這個無止境的循環裡，安然在心裡為自己打了打氣後，還是決定在拍門聲未消失前，從防盜眼看看門外到底是誰。

這次，安然終於成功看見罪魁禍首的模樣了。從防盜眼一看，正好看見一個不認識小男孩的側臉！

那孩子年紀很小，伸出小手奮力拍打著安然家的大門，這讓本以為會看到什麼鮮血淋漓啊、又或者明明有聲音卻看不到人等等恐怖情景的安然，在鬆了口氣的同時，卻又因孩子的惡作劇而怒不可遏。

也不知道是否感受到安然的殺氣，男孩倏地停下惡作劇，轉過頭迎上安然從防盜眼看出去的視線。

安然愣了愣，立即便猜測這小鬼是打算跑了！

那怎麼行？他呆站在這裡那麼久，還自己嚇了自己一番，不就因爲這個熊孩子嗎!?

一想到自己竟然胡思亂想、被一個惡作劇的孩子嚇得半死，安然便覺得自己眞的被這段時間接連遇上的怪事嚇傻了，看什麼都變得可疑、總往靈異方面去想。

惱羞成怒的安然立即猛然打開門，卻見門外的孩子已經不見了。

死小孩，算你跑得快！

重新關上大門的安然，邊回憶著從防盜眼看出去的景象，心想絕對要記著這個男孩的模樣，要是在屋苑遇上，一定要跟他好好算帳。

然而再次回想起當時看到的情景，安然卻總覺得有種奇怪的違和感。

他仔細地回憶起男孩的容貌，雖然因爲防盜眼的視野有限，因此除了最後一眼外，安然只能看到他的側面，但仍能看出對方帶著嬰兒肥的臉頰白白胖胖的，看起來很好捏，五官很普通卻不難看，總括來說，是個容貌不出眾、卻稱得上可愛的男孩子。

其實安然還滿喜歡小孩子的，對這些小傢伙也特別寬容有耐心。不然當初看到拍皮球的小女孩時，安然也不會那麼多事地去招惹她了。要不是今天心情不好，他也不會想要與一個孩子過不去……

等等！我看到他的臉!?

安然終於想到他爲什麼會覺得充滿違和感了。

按理說，孩子長得矮小，他從防盜眼看出去，應該完全看不到人才對。可是當時安然卻看見孩子的側臉，那代表了什麼!?

是因爲孩子站在什麼東西上嗎？還是說……那孩子正淩空飄浮在空中？

一想到這裡，安然立即覺得不好了。

他最近到底在走什麼霉運!?才剛招惹了詭異的紅衣女童，現在又來了一個男的送上門!?

回想那些電影啊、電視劇還是小說裡的情節，只要是扯到小孩子的靈異事件，安然便覺得特別難受。也不知道是本身就沒有什麼善惡觀念還是怎樣，小孩子的鬼魂總是特別凶猛，而且殺傷力通常都很巨大，出場時也異常恐怖。還總要附贈唱兒歌啊、安眠曲啊，又或者平常聽起來天真、在鬼故事中卻特別嚇人的「嘻嘻嘻」笑聲……

尤其那種「哥哥，我很寂寞，我們一起來玩吧！」之類的台詞，簡直要榮升鬼故事十大經典台詞了好不好！

安然再次被自己腦補的想像嚇得不行，還沒想到該怎樣處理這事情，大門又再次傳來拍門聲了。

拍門聲一響起，安然彷彿聽見名爲「理智」的線「啪」的一聲斷掉的聲響。

惶恐過後，安然充滿恐慌的心裡生起了難以壓抑的憤怒。

被吵得煩不勝煩，即使那男孩眞的是鬼又怎樣？他又不欠對方什麼！

怒從心頭起，安然一氣之下並沒有上樓找林鋒求救，而是看也不看防盜眼，很乾脆地一把將大門打開。

果然，大門外又是空蕩蕩的，什麼也沒有……

突然，安然看見一個穿著紅衣的小女孩身影，在眼前一閃而過。

看背影，竟像是這段時間讓安然不勝其擾的紅衣女童！

人的心理眞的很奇妙，有時候對於害怕的事情接觸得多了，被煩擾的焦躁到達某個臨界點，便能夠克服恐懼，頭腦發熱地做出平常一定不敢做的行爲。

就像此刻被小女孩的鬼魂多次糾纏、心裡忿忿不平的安然。

妳到底想怎麼樣？

耍我很好玩嗎!?

我什麼壞事都沒有做，爲什麼不停騷擾我!?

憑著心裡的一股怒氣，安然竟然奪門而出，滿腦子只想追上小女孩，把人臭罵一頓，卻完全忘了這個詭異靈體手上也許有著人命，以及劉天華要他萬事小心的叮囑。

「砰」的一聲打開樓下大門，安然面前是空無一人的街道。雖然現在的天氣已愈來愈炎熱，但隨著天色變得陰暗，氣溫也隨之清涼起來。被晚間的涼風一吹，安然逐漸冷靜下來，並醒悟到自己到底做出了多魯莽的事情。

先前頭腦發熱時遺忘的恐懼感再次襲來，安然看著黑漆漆的四周，心裡驚惶，轉身便想回到屋裡去。

突然，身後有人拍了拍安然的手臂！

本已是驚弓之鳥的安然，立即大驚失色地揮動手臂，「啪」的一聲將身後人的手用力拍落！

「痛！你這個人沒病吧！怎麼突然出手打人？」隨著安然的動作，身後立即傳來呼痛聲，帶有怒意的嗓音非常甜美，然而語氣卻略帶嬌蠻。

安然回首一看，只見一名長相精緻漂亮得如洋娃娃的少女，邊揉著被揮痛的手、邊向他怒目而視。

看到不是他所以爲的紅衣女童，安然暗暗鬆了口氣的同時，在少女充滿控訴的目光下，不好意思地道歉：「抱歉，剛剛我誤以爲妳是別人……請問有什麼事情嗎？」

「我說你這個人是什麼教養啊？果然沒教養的野男人就是這樣，不光滿身窮酸氣，還對女孩子粗魯地動手動腳！」

聽到少女的指責，安然不快地皺起了眉。雖然的確是他有錯在先，但出手的力道他自己很清楚，根本不會造成什麼嚴重的傷勢，頂多是被拍開時有點痛。何況自己已經道歉，也解釋了這只是無心之過，對方有必要如此咄咄逼人嗎？

「怎麼？你這是什麼眼神？還不服氣啊？」少女見到安然不耐煩的神情後，更加不滿，明亮的雙目閃動著怒火。

安然平常脾氣是很好沒錯，但不代表會忍受別人的無理取鬧。面對少女的指責，安然語氣也冷淡了起來：「請問妳到底有什麼事情？要是沒事，請妳離開吧，別在我家門前吵嚷。」

少女被安然的話氣死了：「你這個野男人別往自己臉上貼金了。誰找你啊，我來找俊表哥的，你快叫他出來！」

「哪個俊表哥？」好肉麻的形容！俊表哥V.S.俏表妹嗎？我還是帥表弟呢！

「還用問？就是林俊表哥啊！」少女的表情簡直像在看著一頭豬。

安然瞠目結舌：「妳是阿俊的表妹？等等！妳就是王欣宜？阿俊的未婚妻!?妳爲什麼這麼晚過來？」

說罷，安然重新打量少女，並在心裡吐槽：長相是很漂亮沒錯，但脾氣簡直與林俊那個大少爺有得比了。也難怪阿俊寧願離家出走，也堅持要逃婚……

「你這是什麼眼神？敢再這麼看我一眼試試看？信不信我把你的雙目挖出來？現在才十二點，稱得上一個『晚』字嗎？現在年輕人誰不是凌晨兩、三點才睡的？你去旺角看一下，包準還滿街都是人呢！我就是喜歡晚上到處跑，那又怎樣!?」王欣宜生氣地瞪了安然一眼，並罵咧咧地說他是登徒子。

安然翻了翻白眼，沒記錯的話，這女孩還只有十七歲，他決定不和這位未成年的刁蠻大小姐一般見識，滿心只想盡快把人打發離開。「阿俊這幾天不在家，妳下星期再來吧。」

「他為什麼不在？該不會是你這個野男人把俊表哥藏起來了吧？別想騙我，我事先已找人調查過你的事情。安然，我知道俊表哥與鋒表哥現在都住在你家裡！」

安然嘴角一抽：「妳這是什麼邏輯？我把他藏起來做什麼？別以為所有人都像妳一樣，把妳的俊表哥當寶。還有，妳可不可以別再叫我『野男人』？我不記得自己做過什麼得用上這個稱號的事情。」

妳以為妳的未婚夫是唐僧，誰都爭著搶嗎？

安然不說還好，一說，王欣宜便憤慨地指責：「你把俊表哥迷得暈頭轉向地與你同居，甚至還要求與我解除婚約，不是野男人是什麼!?難道你還想要當正室嗎？我告訴你別妄想！林家是不會讓你進門的，你永遠都只是個見不得光的野男人而已！」

見王欣宜氣得雙目通紅，眼淚在眼眶中打轉的模樣，安然卻完全沒有安慰她的心情。

此刻青年只覺得五雷轟頂般的震驚，心裡猶如有一萬頭草泥馬在狂奔……

這個大小姐明顯把我當情敵看啊啊啊！

而且還把一切責任都推在我這個「小三」身上啊啊啊！

原來她不停說我是野男人是這個意思啊啊啊！！！

心裡閃過一堆長長的「啊啊啊啊啊啊啊啊啊——」，此刻一切的言語在王欣宜那奇葩的想法前都如此無力，安然已經不知道該說什麼了。

過了好一會兒，他才找回自己的聲音，乾巴巴地說道：「我與阿俊的關係，不是妳想的那樣……」

「別想要騙我！要不是你，俊表哥怎會不接我的電話？怎會租住在這種簡陋的地方？怎會提出解除婚約？」說到傷心處，王欣宜終於忍不住開始掉金豆子了。

「哎……妳別哭。真的不是妳想的那樣。不止阿俊，鋒哥也和我們住在一起的。」

「鋒表哥那麼疼弟弟，一定是拗不過俊表哥的懇求，故意住進來爲你們做掩護的。」王欣宜邊哭邊指責。

聽到王欣宜充滿聯想力的話，安然差點便給她跪下了。

對方連林鋒爲他們做掩護這種理由也想得出來，那他還能說什麼呢？

安然已失去向王欣宜解釋的氣力。應該說，他完全沒有說服對方的自信……總而言之，青年最終選擇遞上手機，抓了抓頭髮說道：「我說的妳不明白，妳直接打電話去問他吧！」

「你這是炫耀俊表哥不接我的電話，卻會接你的嗎？」王欣宜嘴巴雖這樣說，但一雙爪子卻緊緊抓著安然的手機，並撥出了林俊的電話號碼。

很快地，電話那頭便傳來林俊的聲音：「喂，安小然!?」

王欣宜一聽到這個問候句，立即炸毛了！

俊表哥竟然爲這傢伙取了綽號！那麼親密的待遇她還沒有享受過呢！這個安然一副窮酸相，憑什麼讓俊表哥對他另眼相看!?

如果被安然知道她此刻心裡所想，他一定會忍不住笑出來，並告訴王欣宜她其實也有綽號，只是林俊不敢在她面前叫而已。安然可是好幾次聽到林俊說他的未婚妻是「瘋女人」呢！

電話另一端的林俊還不知道自己大禍臨頭，聽「安然」沒有說話，不禁想要逗逗對方：「怎麼打電話過來又不說話？難道我才搬走了一天，你便已經太想念我，忍不住打來聽聽我的聲音嗎？」

說罷，林俊本以爲會聽到安然氣急敗壞的聲音，怎料傳來的卻是以陰惻惻語調說話、他非常熟悉的女性嗓音：「俊表哥，是我。原本我還想著你怎麼會突然要解除婚約，果然是因爲有狐狸精作祟啊……」

林俊倒抽一口氣，隨即覺得自己剛剛的行爲簡直在找死！

爲什麼瘋女人會用安然的手機打過來啊!?

一旁的安然雖然聽不到林俊在電話那頭說了什麼，可是看王欣宜此刻咬牙切齒的神情，以及所講的話，安然發現對方的誤會似乎更深了。

林俊你這個豬隊友到底說了什麼？求解釋！

聽到林俊倒抽口氣的聲音，王欣宜以甜得膩死人、可聽著卻讓人覺得陰風陣陣的聲音說道：「表哥，我在這裡等你，你明天回來吧。我們好好談一下？」

說罷，王欣宜不待林俊拒絕，便自顧自地掛掉電話，拋回給一旁的安然。

如果不是王欣宜用想要殺他全家的眼神盯著他看，安然眞的想爲少女剛剛乾脆俐落的行動按上一百個讚。

「剛剛的話你聽到了吧？我要在你家借住一晚。」

雖然安然眞心覺得把他視爲情敵的王欣宜好恐怖，不過這麼晚了，他也不忍心把她一個女孩子家趕走，只得妥協道：「如果妳堅持要留下來等，可以暫住在阿俊的房間。」

看到安然這麼識相，王欣宜臉色稍緩，語氣也變得較爲溫和：「雖然我看不起你這個做小三的，不過你爲了保住小三的位置，竟願意對我這個正室低聲下氣，做小三還眞是挺不容易的。」

安然聞言，嘴角一抽。雖然有漂亮女生主動向他示好，然而這種讓人欲哭無淚的心情到底算什麼？

其實安然看得出王欣宜基本上沒有什麼壞心眼，只是心直口快、容易得罪人。偏偏正因爲她是眞心有這種奇葩想法，因此殺傷力也特別驚人。

安然心裡爲林俊點上一枝蠟燭，林俊眞是倒了八輩子楣才招惹到她啊……

領著王欣宜回到家裡，才剛打開大門，便立即迎來妙妙的歡迎。同時聽到聲響下來察看的林鋒也問道：「安然你……欣宜？妳怎麼過來了？」

安然看到這一人一狗的表現，更加確定剛剛拍門一事必有古怪，才會讓他們完全察覺不到異狀。

安然猜測，也許那門鈴與拍門聲只是鬼魂讓他產生的幻覺，又或者對方用結界（？）讓林鋒與妙妙無法察覺下層的動靜。無論如何，目的大概是爲了隔絕林鋒與他的聯繫。

畢竟劉天華曾說過，身具煞氣、又或者血氣特別旺盛的人，會讓鬼魂懼怕，而安然覺得林鋒簡直就是兩者兼備。

不過，事情發生在家裡，同居者也有知情權，安然並沒有隱瞞林鋒剛才的事。

當林鋒安排好王欣宜後，安然便趁王欣宜不在時，把剛剛的事情告訴了對方。

聽過安然的敘述，林鋒沉默片刻，道：「沙發可以容納一人，今晚我下來客廳睡吧！」

雖然林鋒沒有明說，但安然知道對方這麼委屈自己，是爲了能夠就近保護他。

安然都快要被林鋒的貼心感動得哭了！

在這種安全受到威脅的時刻，小夥伴的存在絕對是必要的！

不要說像林鋒這種「高端、大氣、上檔次」的頂級小夥伴，有了他的坐鎮，根本便是高枕無憂，即使對方完全幫不上忙，但有人陪伴，至少可以增加安全感啊！

安然至今還記得當初林鋒一動怒，瞬間便把那些不好東西「卡嚓」掉的情景。

也不知道是否因爲有林鋒在，困擾了安然一晚的拍門聲眞的不再出現了。總算能夠好好睡一覺，安然在進入夢鄉前、半夢半醒間，腦海裡浮現出那個在防盜眼看到的小男孩。

這孩子的容貌有點眼熟，到底是在什麼地方看過呢……

異眼房東の日常生活

第三章・護身符

也許是因爲有了林鋒陪伴後心裡踏實了、又或許是被折騰得累了，安然之後再也沒有翻來覆去，才剛沾上枕頭便立即進入夢鄉。

一夜好眠，第二天是假日，安然睡至自然醒，起床時已是十一點多了。

安然迷迷糊糊地步出房間，才剛把房門打開，便發現總會在他起床時撲上來歡迎他的妙妙，難得沒有守候在門前。

剛睡醒的腦袋還有點迷糊，尋找妙妙蹤影的安然，見到在客廳看電視的王欣宜時，還被少女嚇了一跳，一時之間想不起家裡什麼時候有這麼一號人物。

王欣宜聽到開門聲看了過去，正好看見安然眨也不眨地盯著自己看，立即狠狠回瞪過去：「看什麼!?」

「沒什麼……」安然這才察覺到自己的失禮，立即移開視線。心想這姑娘眞像個火藥筒，一戳就炸：「鋒哥呢？」

「回家一趟，正好帶俊表哥一起回來。」

「哦，原來阿俊這次是躲到家裡去啊……」看到王欣宜的眼神，安然這才想到對方正是被林俊躲著的那個人，自己這麼說實在是哪壺不開提哪壺，立即訕訕地閉上嘴巴。

先前忘了家裡有女生，安然頂著一頭剛睡醒的亂七八糟髮型、穿著睡衣便走了出來。現在發現到王欣宜的存在，青年不禁一陣羞赧，連忙閃身進洗手間梳洗，並且整理了下外表。

當安然再度出來時，王欣宜依舊坐在客廳看電視，完全沒有理會安然的意思。那副悠然自得的模樣，比安然這個屋主更像屋主，盡顯當家女主人的風範，害安然這個「小三」完全不知該如何招待她才好……

阿俊你這混蛋到底什麼時候回來呀？安小然我撐不住場面啊！

就在安然正掙扎著到底該上前招待客人，還是該躲回房間之際，微弱的嗚咽與抓東西的聲音吸引了他的注意。

聽到聲音是從林俊房間傳來，安然先是一臉疑惑，隨即便像想起什麼般霍地回頭瞪向王欣宜：「妳把妙妙關在房間裡!?」

不滿安然質問的話語，王欣宜皺起了眉頭：「你那麼凶做什麼，那隻狗在鋒表哥出門後一直衝著我吠叫，我才把牠關在房間裡。」

想到平常能夠在家裡自由出入的妙妙，竟然被王欣宜關在房裡大半天，安然覺得心疼死了。

他打開林俊的房門，便見小白犬立即從房間衝了出來，大大的黑色眸子濕漉漉的，還邊發出委屈的嗚咽聲，看得安然心疼不已。

安然彎腰抱起妙妙，小狗軟綿綿、暖呼呼的嬌小身子往他懷裡鑽，彷彿害怕安然會把他再次鎖進房裡。安然抱著妙妙，柔聲安撫道：「小公主不要怕，沒有人會再把妳關起來了。」

雖然安然這話沒有責怪王欣宜之意，然而看著青年安撫小狗的樣子，王欣宜總覺得自己好像變成了欺負小動物的惡人。

少女沒有告訴安然的是，她之所以關著妙妙，主要是看妙妙吵鬧得厲害，顧慮牠會吵醒熟睡中的安然，才好心將小狗鎖進房裡。然而安然不但不感激，似乎還在心裡暗暗責怪自己。王欣宜委屈之餘，更是替安然貼上了「狗咬呂洞賓，不識好人心」的標籤。

安然抱著妙妙安撫了好一會兒，才把小狗放回地面。妙妙很有靈性，先前之所以吠叫，是因爲看到家裡只有王欣宜這個陌生人。現在看到安然也在，牠便知道王欣宜的存在是獲得許可的。雖然妙妙很不喜歡王欣宜這個把牠鎖了一個早上的壞人，但也沒有繼續向對方吠叫示威了。

雖然妙妙很乖巧地沒有吵鬧，但不代表牠能夠容忍家裡突然多出一個會把牠鎖起來的陌生人。只見妙妙在家裡歡快地跑了一圈、宣洩過重獲自由的興奮後，便走進牠的小窩裡待著，瞪大眼睛監視著王欣宜的一舉一動，眼中滿是戒備與不喜。

王欣宜垂首看著妙妙，眼中也是同樣的不善。這情景看得安然直搖頭，思考著是否該向王欣宜提醒一下，告訴她這隻小狗是她未婚夫的心肝寶貝，獲得牠喜愛的話，也許在挽救婚姻危機中能夠發揮意想不到的作用？

就在王欣宜與妙妙充滿不善的互瞪中，林俊與林鋒回來了。

林俊才剛打開大門，互相瞪視的一大一小便立即看了過去。大的那個看到他的身影時，瞬間雙目發亮，就像一頭看見肥肉的猛獸。小的那個卻只是睨了他一眼後便移開視線，充分演繹出什麼叫作高貴冷艷。

林俊見狀不由得嘆了口氣，心想要是他們的態度能夠互相調換，那多好呢！

王欣宜也不待林俊放下手中食材，立即衝至青年身前，雙眼亮晶晶地叫道：「俊表哥！」

林俊的視線越過王欣宜，轉向歡快地搖尾歡迎著林鋒的妙妙，再次感慨要是妙妙與王欣宜的態度能夠互相調換就好了……

安然果斷地接過林俊手中的食材，逕自進入廚房準備午餐，留下空間給林俊與王欣宜好好談談。卻不知他這個「賢慧」的舉動，再次引來王欣宜的瞪眼。

由於有客人在，加上安然想給外面的人多點時間處理家務事，因此這次他花足了心思來準備這頓午飯，只差沒在配菜上雕花了。

林鋒顯然也是差不多的心思，平常在安然快要弄好餐點時，林鋒才會進廚房幫忙拿碗筷。可是現在林鋒卻全程留下來，在廚房裡幫忙。

當兩人拿著色香味俱全的飯菜出去時，便見王欣宜一臉幽怨地抓住林俊衣袖，林俊好說歹說都無法讓她鬆手。

安然看得一臉無言，心裡暗罵著林俊實在太沒用，都已經特意留那麼多時間給他，竟然還是無法將人說服。現在他們都在，再談著與女孩子分手的話，那大家有多尷尬呢？

林鋒也是一臉「恨鐵不成鋼」的表情，冷聲說道：「動手動腳像什麼樣子？先吃飯，有什麼事情晚點再說。」

王欣宜似乎很聽林鋒的話，聞言後便一臉不情願地鬆開手。

林俊想著直接拒絕不行，只好嘗試其他方法。正好安然精心烹調的菜色給了他靈感，只見林俊大力讚賞道：「安然的手藝眞不錯。我將來的妻子也一定要進得了廳堂、入得了廚房。」

林俊心想王欣宜這個十指不沾陽春水的大小姐，必定無法滿足他這個要求，希望她能夠知難而退。

「咳咳咳咳！」安然聞言，差點兒被口中的飯菜噎死。看著林俊一臉自得、因自己委婉的處理手法而洋洋得意的臉，安然眞的很想揪住對方的衣領怒吼：「你知不知道你的未婚妻以爲我是介入你們的小三啊小三！你現在還這麼說，我不是跳進黃河也洗不清嗎⁉」

林鋒不知道是想要幫林俊說項，還是眞的心有所感，竟然還火上加油地附和道：「現在的女孩子哪懂得這些？大都是飯來張口、茶來伸手。」

安然喝了口熱茶、順了順氣以後，立即將目光投向王欣宜身上，正好對上王欣宜狠瞪過來的眼神。

狠狠瞪了安然一眼後，王欣宜轉向林俊指控道：「我曾說過要煮飯給俊表哥你吃，是你說不想我太操勞的！」

林俊一秒回答：「那是因爲我只吃過一次妳的黑暗料理，便住了一個星期醫院啊！」

「你還說女孩子的手要好好保養，讓我不用洗碗！」

「那次妳把我一整套紀念版瓷器都砸碎了。」

「還說我不用替你收拾房間，這些傭人會做好……」

「因爲妳收拾過房間後，我足足花了數天時間來還原！」

聽著二人你一言我一語，安然嘴角不禁抽搐起來。心想難怪林俊要退婚，這麼沉重的愛意，實在令人難以消受啊……

就在安然恍神的時候，王欣宜突然「啪」的一聲拍了下桌面，力道之大，連安然都爲這個嬌生慣養的大小姐覺得手痛了。

女性吃起醋來總會變得異常剽悍，只見王欣宜理也不理拍得通紅的手掌心，氣勢洶洶地伸手指著安然，厲聲質問：「俊表哥，你竟然拿我與這種野男人比較，還爲了他要退婚？說！你們到底是什麼關係!?」

林鋒：「！！！」

林俊：「！！！」

安然：「……」

她說出來了、她眞的說出來了！

此刻被王欣宜稱爲「野男人」的安然，眞的很想吐槽道：「妳都罵我是迷得妳未婚夫要退婚的野男人了，那我們是什麼關係還用問嗎？」

不過吐槽的後果也許便是事情變得更糟糕，也許王欣宜還會誤以爲安然在向她這個正室挑釁，因此安然還是決定把想說的話呑回肚子裡。

震驚過後，林俊很快便察覺到王欣宜完全把退婚的原因想歪了！

一直對王欣宜的糾纏無計可施的林俊，立即發現這是個擺脫對方的好藉口！只見他一手攬著安然的肩膀把人拉過來，狀似親暱地說道：「安小然才不是什麼野男人，他是我的同居男友（同居的男性朋友）。」

雖然地位從野男人提升至同居男友，但安然一點兒也不覺得高興。黑著臉狠狠打了故意誤導王欣宜的林俊一肘子。安然生氣對方把他拖下水，然而王欣宜與林鋒聞言後，瞬間變得錯愕的表情實在太有趣，害本想要露出怒容的安然，最終卻是忍不住莞爾一笑。

同樣與安然住在一起的林鋒，驚訝過後，自然醒悟出林俊是故意這麼說的。畢竟他們住在一起這麼久，從沒見過弟弟與安然有過任何親暱的舉動。

王欣宜卻是相信了，呆若木雞了好一會兒，才反應過來地罵道：「你、你們好不要臉！」

她還眞的相信啊？

林俊從小便很喜歡逗弄王欣宜，只因對方心思單純，不光很容易相信別人，也藏不住心裡的想法。而且脾氣暴躁、一戳就炸，反應總是非常有趣。

王欣宜的反應愈大，林俊便愈是忍不住要逗弄她，這也許便是人的劣根性吧？

安然嘆了口氣，心想林俊與王欣宜一樣驕傲任性又目中無人，這兩人要是眞的硬湊在一起，根本是家庭暴力的節奏啊！

雖然安然並不想介入別人的家務事，只打算在旁剝花生看戲，怎料他們說著說著，話題總是轉回他身上，聽著王欣宜那一聲聲「野男人」實在是孰不可忍！

見因林俊的話而氣急敗壞的王欣宜，安然忍不住再次解釋：「阿俊只是逗妳而已，我和他根本不是妳想的那樣，妳到底爲什麼會有這種想法啊？」瞪了故意誤導王欣宜的林俊一眼，安然愈想愈氣：「而且這種貨色到底有什麼好？小妹妹，聽我的勸，遠離渣男，珍惜生命吧！」

「……雖然我很感謝你幫忙說服欣宜，可是你說『這種貨色』是什麼意思？還有誰是渣男啊!?」林俊不爽地質問。

王欣宜立即安慰一臉忿忿不平的林俊：「俊表哥你別生氣，你有什麼好，這還用說嗎？你長得帥啊！」

「這個我知道，但……就只是這樣嗎？」雖然林俊早已知道王欣宜還小，這麼執著地糾纏著自己，其實只是因爲不甘心被退婚。所以他才會一直逗著對方玩，如果她對自己是認眞的，林俊自然會對她的感情認眞回應。

可即使如此，王欣宜看上他，難道就只是因爲他長得帥嗎？他應該還有很多比較有內涵的優點吧？

王欣宜聞言立即點頭：「當然！俊表哥你有錢，與我家門當戶對！」

「我不覺得有錢這個優點，會比喜歡我長得帥更加有內涵。」林俊面無表情地說道。

對於林俊的鬱悶與不滿，王欣宜露出不明所以的表情：「俊表哥你長得帥，家裡又有錢，而且我們是青梅竹馬，雙方知根知柢、親上加親不是很好嗎？何況我的朋友都知道你是我未婚夫，要是退婚，我豈不是很沒面子？」

雖然林俊早已知道王欣宜一直掛在嘴巴的「喜歡」，說白了只是小女孩對哥哥的仰慕。可是聽到對方這麼說，好像他除了臉與錢之外，沒有別的優點，林俊便忍不住追問：「妳不覺得我人又聰明，個性又好，而且溫柔體貼，是個當丈夫的好人選嗎？」

「不覺得……不過沒關係，我不會嫌棄俊表哥你的。」

安然把頭轉了過去：「噗！」

「既然說得那麼委屈，妳快去找個更好的人選吧，別再纏著我不放。」林俊都快被王欣宜弄得抓狂了。

「可是我被退婚的話，會很沒面子耶！」

林俊聽到這裡，哪還抓不住王欣宜死纏爛打的重點？青年與她商量道：「我們的婚約只是父母年輕時的戲言，根本沒有多大約束力。如果妳那麼介意，那由妳提出退婚好了。」

安然向林俊投以同情的眼神，看！爲了擺脫王欣宜的糾纏，高傲的林俊寧可作被休的那一個了。

「由我來退婚？」

「對！」

「可是我覺得俊表哥當我的丈夫很好啊！我爲什麼要退婚？」

「但是我覺得不好，如果妳不願意退婚，就由我來吧！」

「不要！被人退婚的話，我很沒面子耶！」事情又轉回原點。

「欣宜，妳不要這麼任性好不好？」

「我就是這麼任性，那又怎樣!?」

安然默默吃著桌上的飯菜，心裡卻在悲鳴：又吵起來了！又吵起來了！

都說三個女人一齣戲，安然卻覺得林俊與王欣宜處在一起，那才眞是一場好戲！

林鋒原本打算讓林俊自己解決，因此一直不對此事發表任何意見。直至二人愈吵愈厲害，林大高手這才酷酷地發話：「有什麼事情，先吃完晚飯再說。」

「不要！」二人異口同聲地回絕。

王欣宜與林俊有著同樣的特性，那就是他們發怒時都不講理。這兩人一個是獨生女、一個是么子，都是被寵著疼著長大的，那股任性勁兒發作起來，就連對林鋒也不賣帳。

林鋒挑了挑眉，倒也沒有發怒，只是握了握拳頭，淡然詢問安然：「安然，現在我遇到了無法解決的情況，你說我到底是用拳頭，還是用拳頭解決呢？」

你的選項根本就只有拳頭啊！你到底有多想揍他們!?

「不不不！鋒哥你別衝動！」安然一聽急了，他不反對林鋒教訓一下欠揍的兩人，但是可別在餐桌動粗啊！

這頓午飯他煮得很辛苦，要是打起來都弄翻了怎麼辦？

浪費食物可恥耶！

眞是夠了，爲什麼我要幫阿俊他們說話？要不是情況不對，我其實也很想看鋒哥打他們一頓啊！

就在情勢一觸即發之際，一陣門鈴聲響起，拯救將要被狠揍的二人於水深火熱之中。

安然顧不得前去開門了，先安撫林鋒要緊：「鋒哥你看，有客人……」

先前還吵鬧不已的林俊與王欣宜二人，也很識時務地閉上嘴巴、一臉乖巧地吃著眼前的飯菜。

林鋒見狀滿意地點點頭，默默放下手中的拳頭。

安然鬆了口氣，這才起身打開大門：「天華？」

劉天華才剛踏進安然家，便嗅到食物誘人的香氣。看著滿桌子精心烹調的飯菜，青年頓時把正事拋諸腦後，嚷嚷道：「嘩！想不到你們中午吃那麼豐富，我還沒吃午餐呢，不介意多加一雙筷吧？」

安然笑著搖搖頭，便多拿來一套碗筷，招呼劉天華過去一起吃飯。

平白多了一個人蹭飯，王大小姐又不高興了：「你是誰啊？」

劉天華吃得滿嘴油，頭也不抬地反問：「妳又是哪根蔥？」

王欣宜正要發作，但想到剛剛林鋒比著拳頭的樣子又有點退縮。少女想著可以不和劉天華計較，但絕對要申明她的地位！

於是王欣宜立即親暱地繞著林俊的手臂，道：「我是俊表哥的未婚妻！」

劉天華與林俊是舊識，自然知道他從小便訂下了娃娃親，只是從未見過那個傳說中的未婚妻而已。現在終於看到本人，劉天華忍不住仔細打量起來。只見少女長得精緻漂亮，皮膚雪白得沒有絲毫瑕疵，大大的眸子配上粉色的櫻桃小嘴，簡直就像個眞人大小的洋娃娃。他不禁向林俊揶揄道：「阿俊，原來你的未婚妻是個美人啊？那麼可愛的女孩子，你到底有什麼好挑剔的？」

王欣宜聞言，立即覺得這個過來蹭飯的四眼仔變得順眼多了。

林俊對王欣宜絲毫不懂得欣賞他除了外表與金錢以外的優點，依舊有著深深的怨念。聽到劉天華的話，林俊想也不想便回答道：「每當男人實在無法從一個女人身上發掘出任何除了外表之外的任何優點時，那麼他們就會誇她『可愛』。」

安然眞想給林俊跪下了，他這句話眞的拉得一手好仇恨！

戰事才剛消停了一會兒，安然可不想林俊與王欣宜再吵起來。為了轉移眾人的注意力，安然立即詢問劉天華前來的目的：「天華，你過來是有什麼事情嗎？」

劉天華聞言，便從衣袋取出一個紅色小袋子，拋給安然：「你上次詢問我要的東西。」

說罷，便拿出手機按下幾個按鍵，隨即聽到林俊的手機傳來了「叮」的一聲簡訊提示音：「這是價錢。」

王欣宜見狀，立即不依了：「安然要的東西，為什麼是俊表哥為他付錢？」

安然顧不得王欣宜胡思亂想的質問，緊張兮兮地緊抓住手中的小袋子，彷彿怕他一鬆手，這袋子便會跑掉似的：「這這這，這是護身符嗎？」

幸福來得太突然了，安然表示感覺好不眞實！

劉天華被安然緊張的小模樣逗笑了：「嗯，說是護身符也差不多吧？」

「……『差不多』是什麼意思？」安然立即追問，心裡拚命祈禱，希望事情不要有變數。

一旁的王欣宜還想繼續追問付款一事，然而見眾人皆一臉嚴肅地討論著安然手中的紅色布袋，感受到氣氛凝重的少女不由得靜了下來，安靜地旁聽著眾人討論。

劉天華指了指袋子，道：「你把袋子打開來看看。」

「打開來沒關係嗎？這個紅袋子是一套的吧？所謂護身符，不是要穩穩妥妥地放在袋子裡才好嗎？」安然打量著手中的小袋子，只見布袋上還繡著類似符文的刺繡，看起來華美至極。心裡擔憂著打開袋子後，法力該不會因而消退吧？

「那個紅袋子是我意外搭配的，根本與護身符沒有關係。只是袋子華麗一些，看起來不是特別厲害嗎？這年頭講究『人要衣裝、佛要金裝』，有包裝才能夠賣得好價錢啊！」

負責掏錢的林俊：「……」

聽劉天華這麼說，安然便依言打開袋子，只見裡面放著的不是他以爲的符紙、玉器之類的東西，而是一個兩元硬幣，一片乾掉了、看起來像杉樹的樹葉，一個釦針、一串紅繩，以及一把縮小版的舊式裁衣剪刀。

小袋子裡的東西出乎眾人預料，瞬間吸引大家的視線，紛紛好奇打量著這些精緻的小東西。

見到眾人困惑不已的眼神，劉天華笑著解釋：「別小看這些小東西，雙數錢、扁柏葉、釦針、紅繩、剪刀，經過高人施法後是驅邪擋煞的好東西。只要不是特別凶猛的惡靈，這一袋子的東西足以保你平安了。」

「那……如果是特別凶惡的惡靈呢？」

劉天華笑道：「所以我說這只是『差不多』的東西，因爲它不止能夠護著你的安危，還能助你反擊！」

異眼房東の日常生活

第四章・撒鹽驅鬼

「反擊？怎樣反擊？」安然聞言，頓時雙目一亮。

劉天華道：「拿剪刀戳它就好。」

聽到劉天華那過於簡單粗暴的方法，安然愣了足足三秒，這才反應過來：「這樣就可以了？不用唸咒語啊、或者結手印之類嗎？」

看著那把只有手指大小的剪刀，安然的眼神充滿懷疑。劉天華所說的方法怎麼聽都覺得很兒戲。而且以法器來說，裁衣剪刀這個造型完全不夠「高端、大氣、上檔次」啊！

看到安然對這小剪刀信心不足的模樣，劉天華決定爲好友增強信心：「喔，有咒語的，只是我剛剛忘了說。嗯……『替月亮懲罰你』，你覺得怎麼樣？」

「……」這是什麼鬼咒語!?是剛剛才想出來的吧？你這麼明顯抄襲沒關係嗎？水手服戰士都要哭了！

偏偏劉天華還一臉鄭重其事地催促：「來！安然，你跟著我先唸一遍看看。」

安然不由自主地緊握拳頭，他也好想像林鋒般霸氣地問一句：「你說我到底是用拳頭，還是用拳頭解決呢？」

有錢人大多比較迷信，王欣宜認識不少願意花大錢找人看風水、求護身符的富豪，因此對於安然向劉天華購買護身符一事並不是太在意。少女還在心裡吐槽，說不定是安然這個小三做的虧心事多了，才需要求護身符保平安呢！

聽到劉天華搞怪的咒語，王欣宜忍不住「噗哧」一笑：「這句咒語蠢斃了！安小然，你快些跟著唸一次看看吧！」

聽到王欣宜學著林俊喊他「安小然」，安然不由得感慨這個綽號似乎有著發揚光大的趨勢。但無論如何，至少也比「野男人」來得好。

安然瞪了劉天華一眼：「我才不跟你一起胡鬧，那咒語是你胡扯出來的吧？」

那句咒語一聽便知道是開玩笑，因此被安然一語點破時，劉天華並沒有絲毫尷尬：「我這麼說也是爲了安然你啊，反正有咒語，你會覺得比較安心吧？」

安然翻了翻白眼：「拿那把小剪刀來戳那些東西，聽起來雖然有點不太可靠，可是聽過你這段咒語後，我卻感覺更加不靠譜了。」

一直旁聽二人對話的林俊，關注的卻是其他事情：「就這些加起來也不到一百元的小東西，劉天華你竟然收我那麼多錢？眞的以爲換上漂亮一點的繡花袋，就可以隨意糊弄我嗎？」

雖然林俊是不差這點錢沒錯，可卻不代表他樂意當個冤大頭。

劉天華「嘖」了聲：「雖然看起來都是些不值錢的小玩意，可是你知不知道爲了讓它們成爲具有力量的法器，到底要經過多少麻煩的步驟？除了人力外，還要集合天時地利才能成事。不然你以爲法器都是爛大街的東西嗎？如果你在街上買回來的同樣東西也能驅邪殺鬼，那麼我不光不收你錢，還倒貼給你，怎樣？」

聽劉天華說得言之鑿鑿，林俊撇了撇嘴，沒有再說什麼。

因爲劉天華在場，接下來林俊便不再挑起有關婚約的話題。

正所謂一個巴掌拍不響，再加上王欣宜是女孩子，再蠻橫也終究是要面子的，因此兩人很有默契地偃旗息鼓，打算等劉天華離開後再說。

一頓午飯就在表面和樂融洽、暗地裡波濤洶湧中度過。當劉天華吃飽喝足地告辭時，送他至大門的安然趁機詢問：「天華，我有事跟你說。」

「有什麼事情剛才不好說，非要站在門口才說？」

「剛剛欣宜在，我不想說出來嚇到她。天華，我昨天又遇上奇怪的事情了。」

說罷，安然便把昨晚先是門鈴聲，然後變成拍門聲，以及從防盜眼看過去時，發現疑似凌空飄浮在大門前的男孩一事道出。

其實找劉天華商量，對安然來說也是無奈之舉。雖然每次劉天華的烏鴉嘴都很準，卻沒有辦法幫他避過那些倒楣事。然而與安然相熟、又對這方面有所涉獵的也就只有他了，因此安然每次還是忍不住找劉天華商量。

劉天華摸了摸下巴，道：「你說那個男孩子感覺有點眼熟，該不會是在外面招惹回來的風流債吧？」

安然嘴角一抽，決定無視劉天華偶爾無厘頭的胡言亂語，不然只會沒完沒了：「沒有。最近除了運氣不好，招惹了那個拍皮球的小女孩外，便沒有再遇上其他奇怪的東西了。」說罷，安然還在心裡補充，那個紅衣女童也不是他故意招惹的，一開始根本不知道她是鬼啊！

劉天華仔細打量了下安然的面相好一會兒，這才說道：「自從上次你提到那個拍皮球的小女孩至今，臉上的氣色一直陰霾暗沉。雖然現在氣色更差了，可是影響你氣運的，自始至終都是同一股陰氣。如果我沒猜錯，那個紅衣女童才是罪魁禍首。至於昨晚的小男孩，則與紅衣女童有所關聯。不然你身上殘留著的，應該不止一股陰氣。」

說到這裡，劉天華表情嚴肅地繼續說道：「總而言之，一天不解決那個女孩的糾纏，你一天便有著危險。小心她，來者不善啊！」

安然聽得心驚膽戰，他就知道劉天華這個烏鴉嘴，說到別人的倒楣事時特別準，可是他卻總是忍不住找對方商量，這算不算是一種自虐!?

安然的手不由自主地握上用紅繩掛在脖子上的護身符：「如果那個小男孩今晚再出現，我拿那把剪刀戳他？」

劉天華搖搖頭，道：「小男孩每晚出現，雖然會讓你的氣運變得愈來愈差，可是紅衣女童才是關鍵。這個法器雖然可以滅鬼，但只能使用一次。用來對付那個小男孩的靈體，可解決不了問題。你把小紅包隨身帶著，有了護身符的保護，即使小男孩再出現，也無法繼續影響你的氣運了。你還是留待那個紅衣女童現身時，才用那把剪刀對付她吧！」

「可是那個小男孩總是吵我睡覺，要是目標一直不出現，那我怎麼辦？總不能求鋒哥一直睡客廳吧？」雖然安然覺得林鋒應該不會介意，可是他實在覺得不好意思。

聽到安然的話，劉天華立刻舉起大拇指，露出佩服的神情：「安然你厲害耶！利用鋒哥來辟邪，虧你想得出這個方法！」

「你別取笑我了，我都快要煩死啦！」安然嘆了口氣。

「如果今晚再出現拍門聲，你朝著大門撒鹽看看。」劉天華提議。

「我就說了，別再開玩笑啦！」安然聞言，只覺得劉天華在戲弄他。他好像聽過一些故事說驅鬼時要撒豆之類的，卻沒聽過要撒鹽治鬼。

「我沒有說笑，鹽一直被認爲有驅邪、除穢與淨化等功效。另外，火也一樣，不過用火比較危險，遠遠比不上撒鹽方便。對了，記得別用那些經過漂白與精製過的白細鹽，要用沒經過處理的粗鹽。」

再三確認劉天華不是在開玩笑，安然這才半信半疑地說道：「好吧，今晚要是再出狀況，我便照著你的方法試試看。話說最近唐銘很忙嗎？我打電話給他，卻一直沒有人接。」

「唐銘和我一樣，家人也不喜歡他在這方面涉足太深，最近被家人看管得很嚴。你知道的，像我們這種得天獨厚的天才，凡人總是既羨慕又嫉妒。」

「……唐銘的確是個有著眞材實料的天才，可你這個只懂觀望氣色的烏鴉嘴，怎樣看也只是個半吊子，也好意思與唐銘相提並論。」

劉天華快被安然氣死了：「正所謂術有專攻，我擅長的是風水命理，又不是驅邪捉鬼。在我們這一行，能夠望氣已是很了不起的天賦了。我告訴你，現在有很多受人追捧的相士與風水師父也只懂得理論，連望氣都做不到呢！」

看到安然一臉懷疑的表情，劉天華強忍著把人狠揍一頓的衝動，向安然揮手道別：「總之你信我絕對沒錯，今晚再有狀況，便試試我教的方法吧！祝你好運了。」

這天，王欣宜與林俊終究還是談不出結果。隔天是星期日不用上課，王欣宜死賴在安然家裡不肯走，結果林俊只得繼續讓王欣宜霸佔他的房間，自己則到林鋒的天台屋裡借住。

本來林鋒不放心安然，想再睡一天客廳，不過這提議卻被安然婉拒了。

上一次是因爲沒有心理準備，安然才這麼不知所措。現在回想起來，昨晚並沒有發生太大的事情，暫時應該不至於會有什麼大危險。總不能事事依靠林鋒，何況安然也想嘗試一下劉天華教他的方法。

想到安然剛得了護身符，林鋒便由他去了。畢竟自己無法時時刻刻陪在他身邊，有些事情總要安然自己面對。

安然找了個機會，把事情告知林俊後，三人很有默契地隱瞞著王欣宜。反正再過一天，王欣宜便要離開這裡，沒必要把事情說出來嚇她。何況這事情還涉及安然見鬼的能力，以安然的個性，能夠低調便盡可能低調，實在不希望把能力的事弄得人盡皆知。

也許因爲有了護身符護身，雖然睡前安然仍有點擔心，想著晚上會不會還有怪事發生，但躺在床上不久，安然卻意外地很快熟睡。

夜闌人靜，熟睡的安然被一陣拍門聲吵醒。

從睡夢中驚醒的安然，再次感受到昨晚那種怪異的氣氛。無論拍門聲多響，都沒有引起家裡人的注意。吵耳的拍門聲，彷彿就只有他聽得見。

這一次，安然並沒有走到大門前，而是率先打開林俊房門。結果發現房裡一個人也沒有，本應在房裡的王欣宜平空消失了！

因爲昨晚的經歷，早已有心理準備的安然並沒有驚惶失措，他直覺認爲並不是王欣宜失蹤了，而是某種神奇的力量將別人與他隔絕開來。就像昨天晚上，無論拍門聲有多吵，都無法引起林鋒與妙妙的注意一樣。

安然拿起早已準備好的海鹽，抓起一把便往大門撒去！

隨著安然的動作，拍門聲倏然而止。

安然心頭一喜，心想：有希望！

然而安然高興不到兩秒，一陣淒然的飲泣聲代替了拍門聲從門外傳來……

安然只覺骨寒毛豎，在這深夜時分傳來的飲泣聲，遠比拍門聲可怕啊！

安然緊張地吞了吞口水，不死心地把手中粗鹽再度往大門撒去。然而這次撒鹽卻不見功效了，門外的飲泣聲依然清晰無比地傳進安然耳內。

安然也想跟著哭了，心裡抱怨著劉天華果然靠不住，這哭泣聲實在太淒楚；再加上獨自身處這種詭異的環境，實在「特有氣氛」啊！

任由對方在門外哭下去也不是辦法，可安然又沒有開門的勇氣，於是便動用老方法，再次經由防盜眼，察看門外到底怎麼了。

這一次，安然依然看見了從防盜眼看出去，本應看不到他站立位置的小男孩。

不等安然有所反應，小男孩卻像察覺到安然的視線，緩緩轉過頭，朝著防盜眼回望了過來。

與男孩視線對上那一瞬間，安然只覺得全身的血液彷彿被凍結了。

男孩還是上次那張臉——其實這孩子長得滿可愛的——可此刻的神情卻僵硬無比，蒼白的臉龐上化著不協調的妝容，額頭有著一個已經流不出鮮血的圓洞……

那是一張活像陪葬紙人般的臉，又或者應該說，簡直就像死人所化的妝容！

安然嚇呆了，他接連往後退了幾步，立即轉身跑進房間，並迅速鑽進被窩裡！

不再理會門外的飲泣聲，安然把被子蓋過了頭，決定無論外面再發出什麼聲響，都不會離開被窩了。

雖然遠離了大門，安然仍關注著門外的動靜。門外一直傳來斷斷續續的飲泣聲，過了一會兒，卻突然變成其他聲響。

這聲音讓安然全身一震，整個人僵住了！

那是一種高分貝、像是某些尖銳物品磨擦著木門的聲響。安然近來多次聽到類似的聲音，那是妙妙抓門時發出的聲響。

只是與小狗用爪子抓門時急速的頻率不同，此刻門外的聲響緩慢卻很沉重。光是聽音，安然的腦海裡已想像出門外人是怎樣用指甲把全身的力氣壓下去，用力往木門上抓出一道道痕跡！

安然手緊握著劉天華給的護身符，一直祈求著門外的東西快點離開。很可惜，鬼魂並沒有如他所願，這聲響持續至太陽升起、晨曦透進屋內時才消失。

門外終於靜了下來，陽光給予安然安全感，讓他繃緊的心情漸漸緩和下來，終於疲憊不堪地閉上眼睛緩緩睡去……

「安然，已經中午了，你還要睡到什麼時候啊？」王欣宜「砰」的一聲打開安然房門，上前用力掀起他身上的被子：「我餓了，要是你今天不煮飯，我就和俊表哥他們外出吃飯了。」

被窩裡的安然動了動，隨即用著氣若游絲般的語氣說道：「好吵……出去……讓我睡……我好睏……」

王欣宜彷彿與他槓上了。明明只是來問一下安然要不要起來吃東西，卻被安然拒絕，並且直言她吵、要求她出去，少女的小性子上來了：「起來啦，都日上三竿了。你睡得不好絕對是活該！誰教你這麼笨，不把窗簾拉上再睡覺？」

王欣宜卻不知道，窗簾是安然爲求安全感而故意拉開的。讓他無法安睡的，另有原因。

被王欣宜吵得睡意全消，雖然仍很疲憊，但安然已斷了繼續睡下去的打算，無奈回答道：「等我梳洗一下，和你們一起到外面吃。」

看到安然屈服，王欣宜立即高興起來，點點頭後便跑出去找她的俊表哥報告。

安然見狀不由得勾起嘴角。這女孩的脾氣來得快、去得也快，雖然有些任性，卻沒有什麼壞心眼，這種很好懂的性格其實也滿可愛的。

安然並沒有談過戀愛，也搞不清楚王欣宜這種被拒絕後堅持留下來、可與林俊相處時，卻又自然得像沒事人一般的狀況到底是怎麼一回事。

說她豁達嗎，她卻又要對林俊死纏爛打。說她放不下，但她與林俊相處時，卻又自然得毫不忸怩作態。

愈是觀察王欣宜與林俊的相處，安然愈是覺得王欣宜根本對林俊只有兄妹之情。會這麼糾纏對方，只是因爲小女孩覺得被人落了面子、滿心不甘心。

似乎這女孩還會糾纏林俊好一段時間，一想到這裡，安然便露出了幸災樂禍的笑容，被鬼魂驚嚇了一整個晚上的鬱悶感，也因而消散不少。

果然這就是人的劣根性，看到別人的不幸，便會覺得發生在自己身上的倒楣事，其實也不是想像中那麼難以忍受了吶！

異眼房東の日常生活

第五章・再遇白樺

安然換好衣服後，一行四人便外出覓食了。穿鞋子時，林俊皺眉道：「咦，這是什麼？什麼時候弄得那麼髒？」

順著林俊的視線看過去，安然頓時神色一變。

在大門偏下方的位置，一道道黑棕色的痕跡橫七豎八地刻劃在白色木門上，由於位置偏低，因此眾人先前並沒有注意到。

在林俊等人眼中，這些只是莫名其妙的污痕。可是看在安然眼裡，這怎樣都覺得是抓痕的污漬實在令人怵目驚心。

看著大門上的污痕，林鋒雙目閃過一絲訝異，隨即伸手攔下想要拿毛巾將痕跡清洗掉的安然，道：「時間不早了，我們先出去吃飯，這些回來後再處理吧！」

心神不定的安然沒有異議，他也需要一些時間讓自己冷靜下來，便逃避似地快步率先離開。看著青年失魂落魄的模樣，林鋒與林俊暗自交換了一個眼神。

由於與王欣宜同行，因此眾人特別選了一間價格比較昂貴，但食物與服務品質均不錯的西餐廳共進午飯。

對有錢人來說，二百多元（港幣）一份午餐貴嗎？不貴！這只是毛毛雨而已。

但對安然來說，這價錢把他的小心肝弄得撲通撲通直跳，實在心痛死他了！他平常吃一頓午飯，只需數十元耶！

不過安然並沒有多說什麼，畢竟王欣宜難得來一趟，這價格他又不是付不起，偶爾一餐吃得好一點，當是慰藉一下最近老是受到驚嚇的自己吧。

然而安然也在心裡下了決定，如果王欣宜往後經常過來，下一次他們再邀約時，安然便會拒絕同行。畢竟這麼豪爽的花費，偶爾一、兩次就夠，他的收入明擺在這裡，犯不著爲了面子老是去吃昂貴的東西。不少平價餐廳價廉物美，甚至安然自己烹調的食物也不見得比這間餐廳差。

另外，安然還想著回到屋苑後，先找劉天華談談。劉天華昨天教他的辦法根本沒有用處嘛……不，應該說，那效果算不算有用，安然暫時說不上來，但導致的結果，顯然比先前的更爲嚇人。

就在安然邊吃著午飯、邊想著這些亂七八糟的事情時，面對餐廳大門而坐的王欣宜，突然很雀躍地小聲說道：「你們看，剛進來的那個人長得眞好看！」

安然聞言，好奇地順著王欣宜的視線看去，當看清楚被少女用著亮晶晶眼神注視著的人是誰時，不禁露出訝異神情。

來者，是與他有過數面之緣的警官白樺。

當安然他們看過去時，白樺顯然也發現他們了。稍微露出愕然的神情後，白樺便微笑著頷首打了聲招呼：「眞巧。」

林俊等人還來不及發話，王欣宜已一臉興奮地叫嚷：「原來你是俊表哥他們的朋友嗎？帥哥你好，我是王欣宜。」

喂喂！你的未婚夫還坐在對面耶！竟然那麼光明正大地對別的男人發花痴……

不！這不是重點，爲什麼白樺會在這裡？

「妳好，我是白樺。」白樺伸出手與王欣宜輕輕一握，風度翩翩的動作優雅無比，俊男美女的搭配更美得像幅畫。

王欣宜的臉瞬間紅了起來，安然來回看看這兩人，轉而看向身旁的林俊，果然，對方的臉色黑得嚇人。

所以說，王欣宜與林俊都是一等一的幼稚，明明不是眞的互相愛戀，卻在對方有「艷遇」時覺得不甘心，何苦呢？

安然他們坐在近大門處，附近座位已經滿座，白樺打了聲招呼後，便被服務生領著往店內走。

白樺走遠後，王欣宜這才從興奮不已的花痴狀態中恢復過來，並好奇地向林俊打探對方背景：「剛才那個白樺太帥了！而且很有風度，簡直就像個貴族似的！」

林俊嗤之以鼻：「什麼貴族，那個人的工作可與這個優雅的身分完全扯不上關係。別看他一副文質彬彬的樣子，他是個負責特別部門的警官，還曾經與二哥交過手。」

王欣宜露出訝異的神情：「那他出現在這裡，該不會是在跟蹤鋒表哥吧？」

林鋒淡然道：「不會。而且白樺若真的想要跟蹤一個人，以他的能力是絕不會讓人發現的。」

聽到林鋒話裡的推崇，王欣宜有點訝異地瞪大眼睛。畢竟聽林俊的描述，林鋒對白樺應該沒有什麼好印象。

看到王欣宜率真的神情，林鋒的眼神不由得柔和下來。王欣宜是王家獨生女，再加上林家這一輩的三個都是男孩，王欣宜身爲兩家中唯一的女孩，從小便受著萬千寵愛，比林家么子林俊更受寵。

林家三兄弟，無一不把王欣宜當作親妹妹般疼愛著。這也是林鋒這次會任由王欣宜這麼任性胡來的原因。實在是這些年來，他們已習慣由著王欣宜要小性子了。

「白樺是一個值得敬佩的對手。」

聽到林鋒的話後，王欣宜眨著一雙大眼睛詢問：「鋒表哥，你該不會喜歡人家吧？你這樣子不行喔！要主動一點，像我這樣清楚地向對方表達出愛意。」

所有人都被王欣宜的言論驚呆了。

林俊先是小心翼翼地觀察了下林鋒的神色，發現對方並沒有發怒的跡象，這才轉向王欣宜低斥：「妳在胡說什麼？二哥與白警官……怎麼可能？」

安然的重點倒是在其他地方上，只見青年一臉幽怨地詢問：「妳不單認為我與阿俊有曖昧，現在更以為白警官與鋒哥……妳怎會有這種想法呢？我們都是男的啊！」

「男的又怎樣？你別以為你是男的，就能夠讓我放鬆戒備！」王欣宜對安然的說辭一臉不屑：「早在我剛入學時，學姊已經勸戒我不止要防美女，還要防野男人呢！我一看到你，就知道有問題了！」

說罷，王欣宜更從包包取出一本漫畫遞給安然，煞有介事地說道：「這是野男人不可信的證據！」

「妳一直把書放在包包裡？也不嫌重……安然，怎麼了？」林俊奇怪地看見安然的臉愈來愈紅，都快紅得像桌上的那瓶番茄醬了。

安然沒有說話，只是把手中的漫畫遞給林俊。

林俊先是看了封面一眼，漫畫的名字是「嫁給酷總裁」，書名下還有一個大大的「限」字。漫畫封面上畫著一個穿著西裝，然而鈕釦卻全部打開、露出完美身材的美男子。林俊見狀，忍不住嗤的一聲笑了出來：「妳們這些女生看來看去都是這種漫畫，總裁都要忙哭了。還有女孩子不要這麼隨意把十八禁的漫畫拿出來，也不知害羞！」

臉上熱度依然未降下來的安然，雙手摀著發燙的臉頰說道：「你看看裡面的內容。」

「你怎麼了？多大的人了啊，還這麼害羞，即使這是十八禁的漫畫……」林俊

嫁給酷總裁
嫁給酷總裁
限

邊打趣安然，邊隨意翻開其中一頁。當他看清楚內容時，卻是如同安然般瞬間紅了臉，「啪」地把書闔上。

裡面的確是十八禁內容沒錯，可卻是兩個男的在滾床單！

林俊只覺得新世界的大門正在緩緩打開，他充分感受到世界的惡意……

本著增加一起悲愴的小夥伴的惡劣思想，林俊把手中的漫畫遞至林鋒手中。然而讓林俊失望的是，看過內容後的林鋒面不改色。只見他揚了揚手中的漫畫，反應永遠乾脆直接：「欣宜妳還未成年，這種書不能看。」

說罷，便在王欣宜的慘叫聲中，把小肉本沒收了……

未能如願看到林鋒變臉的林俊嘴角一抽，心想：二哥你的重點完全錯了啊！

現在只是十八禁的問題嗎!?

安然努力想要挽救王欣宜的錯誤觀念，以及他在少女心目中的野男人形象。只見青年語重心長地說道：「欣宜，妳眞的想多了，男女才要授受不親。我與阿俊兩個男生住在一起，那不是基情，是兄弟情。」

可惜此刻王欣宜滿心注意只放在被沒收的小肉本上，根本完全聽不進安然的話：「鋒表哥你還給我啦！這漫畫不是我買的，是學姊借給我的耶！」

林鋒面對王欣宜梨花帶雨的哀求，很決絕地回絕道：「既然如此，叫妳的學姊來找我。我也想看看把這種書借給未成年學妹的女人到底長什麼樣子。」

看到林鋒真的生氣了（雖然安然與林俊依然覺得，林鋒生氣的重點錯誤），王欣宜縮了縮身子，很自覺地不再說話。

接下來，因為這本小肉本，一頓好好的午餐眾人皆吃得心不在焉。

林俊想著怎樣才能擺脫王欣宜這個大麻煩；王欣宜想著如何取回小肉本；安然想著該怎樣擺脫「野男人」設定；林鋒想著是否應警告一下王欣宜那個學姊……

人生什麼的，真的好煩心喔！

各懷心思地吃完一頓午飯，最終王欣宜還是無法拿回那本被沒收的小肉本，悶悶不樂的她也沒有了糾纏林俊的心思，吃完午飯便生著悶氣地說要回家。

安然看著少女紅著眼眶打了一通電話，不久，一輛名貴房車便出現在王欣宜面前。少女可憐兮兮地回眸望了林鋒一眼，發現林鋒完全沒有歸還小肉本的意思後，便重重地「哼」了聲，怒氣沖沖地上車。

爲王欣宜打開車門的司機，向林家兄弟彎腰行了一禮後，便駕著車絕塵而去。

「這輛車也出現得太快了吧？」安然喃喃自語道，明明距王欣宜打電話後，五分鐘還不到！

林俊一臉淡定：「這車早就在欣宜附近待命，不然你以爲王家會讓她獨自一人搭公共交通工具過來嗎？」

坐公共交通工具又怎樣？我從出生就坐到現在了，有車、有司機很了不起嗎!?心裡吐槽著有錢人就是矯情後，安然突然想起：「我記得欣宜帶著一個大背包過來，裡面應該都是些梳洗用品，以及替換衣物吧？那些東西怎麼辦？」

「放心，晚點王家會派傭人來收拾的。」對方畢竟是女孩子，她的私人物品讓他們這些男生來收拾，實在有點不適合。

「……」安然好想高呼一聲：萬惡的有錢人！有錢人眞討厭！卻在看到林俊的車後，不得不承認這的確比坐巴士方便得多啦……

就在汽車正要發動時，卻見白樺正巧從西餐廳走出來。白樺竟然一眼便看見他們，姿勢優雅地走至汽車旁邊，彎腰敲了敲車窗：「不介意載我一程吧？」

安然打開車窗，問：「白警官與我們同路？」

白樺笑道：「嗯，關於一宗案件，有些事情……」白樺說到這，話倏然而止。

安然奇怪地順著他的視線看去，便見白樺盯著的，是林鋒手中的小肉本。

「沒問題、沒問題！反正我們也要回去，載你一程絕對沒關係！」安然大聲說話，試圖轉移白樺的注意力，並且立即打開車門，邊熱情招呼白樺上車，邊走邊向疑惑看來的林家兄弟大打眼色。

林俊皺起眉頭，往安然示意的方向看去，觸目所見便是依舊被林鋒抓在手裡的小肉本。

「哈哈哈！對！相見即是有緣，我們當然不介意載你一程！」林俊在「哈哈哈」的同時，一把抓起林鋒手裡的小肉本，並迅速塞入座位旁邊的環保袋裡。

林鋒：「……」

白樺也不知道看到了多少，被安然迎入車內後，一臉若無其事地微笑著道了聲謝。不單沒有糾結於他們的失態，也順著安然岔開話題的心思，與他們談笑風生起來。識趣的態度，瞬間獲得安然不少好感值。

林鋒從照後鏡看了白樺一眼，冷笑著在心裡罵了聲：這頭狐狸！

「白警官今天是去辦案嗎？」不同於先前因爲叮鈴鬼魂一事而心虛地只想迴避對方的態度，現在的安然已能夠坦然與白樺相處了。

「不，我今天休假，只是順道過來一下，並不是來辦案。」白樺解釋：「前陣子我與林鋒不是遇上一個意外身亡的小男孩嗎？因爲那宗案子一直找不到有用的證據，因此上級決定結案了。我看今天沒什麼事，便重返案發現場看看。」

聽見白樺提到公園命案，安然忍不住想起那個拍打皮球的小女童，心想：「當然找不到人爲證據了，因爲這事情也許與『人』無關，而是『鬼』做的。」

安然不知道對方爲什麼只因爲奇怪的拍球聲，以及身爲警察的第六感，便能夠如此堅定地繼續追查眾人都認爲沒有問題的案件，但白樺那種對待案件一絲不苟的認眞態度，卻仍是讓安然相當敬佩。

「白警官爲什麼執意調查這宗案件呢？就因爲當時聽到奇怪的拍打皮球聲？」林俊問。

白樺答道：「也許吧。我想最主要的原因，是我身爲警察的直覺告訴我，這案件很有問題。既然被我遇上了也是一種緣分，總不好完全不努力便把事情丟下。」

「哦？白警官辦事，不是素來只講求證據嗎？什麼時候相信『緣分』這種虛無縹緲的東西了？」林鋒揶揄道。男子此刻放鬆地靠在副駕駛座的椅背上，如此放鬆的姿勢落在林鋒身上，卻像頭假寐的獅子般霸氣外露。

白樺完全不在意林鋒找碴的話語，微笑道：「我一直很相信緣分，就像兩年後我們竟然還會再度相遇一樣，不覺得很不可思議嗎？」

顯然猜不到白樺會這麼說，林鋒因對方的話而愣了愣，隨即便瞇起雙眼睨著白樺。雖然他沒有說話，但釋放的煞氣無一不宣示著他很不爽。

對於重遇白樺一事，林鋒絕對感受不到緣分那麼美好的東西，那簡直就像詛咒才對！

坐在白樺身旁的安然，頓時覺得四周空氣都快要結成冰渣了。偏偏白樺還能夠面不改色，實在有夠厲害。

把白樺送至目的地後，安然並沒有與林家兄弟一起回到家裡，而是按上了劉天華家的門鈴。

見劉天華臉上掛著明顯睡眠不足的黑眼圈時，安然皺起眉頭：「你怎麼了？昨晚沒有睡嗎？」

劉天華邊打著呵欠邊把安然迎進屋，道：「別說我了，你不也一樣。」

對方不說還好，一說，安然便立即想起昨晚的悲慘經歷：「那個用粗鹽撒門的方法完全不行啦！害我被騷擾得整晚都睡不著！」

「別搖了！昨晚在趕功課，剛剛才睡著不久……」劉天華氣若游絲地說道。

安然鬆開拉扯對方衣領拚命搖晃的手，問：「你們大學生平常不是很閒嗎？怎麼不在空閒時把事情做好，總要在最後一刻才臨時抱佛腳呢？你是這樣，阿俊也是這樣。」

「這個答案很簡單，人的劣根性——懶嘛！」劉天華理直氣壯地回答，隨即好奇詢問：「撒鹽眞的完全沒有用處嗎？不應該啊！你撒鹽以後，那個小男孩一點反應也沒有？」

「也不是……只是用了你的方法以後，事情反而變得更恐怖了。」說罷，安然便略帶激動地向劉天華敘述昨晚的恐怖遭遇。

聽過安然的敘述後，劉天華皺起眉頭，似乎在思索一些很嚴重的問題。

雖然劉天華因爲剛被安然吵醒，不光頭髮亂糟糟，就連身上的衣服、甚至鼻梁上的眼鏡也有點歪斜凌亂，可是嚴肅起來時，這個相貌平庸的青年卻突然變得很有氣勢，讓安然不禁連呼吸聲都壓抑著，深怕打擾到對方的思考。

過了好一會，劉天華這才張口，道：「事情似乎遠比我預期的更加麻煩。」

安然很少見到總是嬉皮笑臉的劉天華露出如此嚴肅的神情，聽到事情似乎比想像中嚴峻時，立即不安地追問：「我剛剛讓林鋒與林俊先回家了，家裡會有危險嗎？要不要叫他們先離開、避一下？」

劉天華聞言愣了愣，想不到在這種情況下，安然首先想到的卻是別人的安危。只見他嚴肅的神情稍顯柔和，劉天華安撫道：「不要緊，對方的目標應該是你，不是你家。」

安然聽到對方的安慰後，也不知道應該露出怎樣的表情才好。

阿俊他們沒事我是很開心啦，可是聽到那鬼魂的目標是我，實在一點也高興不起來耶！

深呼吸了數下，安然讓自己冷靜後，問：「爲什麼會得出這個結論？」

「起初，我只以爲這是遊魂的惡作劇。撒鹽會爲鬼魂帶來一些傷害，讓他們退避三舍，只要不是面對太凶猛的靈體，一般都會有效。」劉天華解釋：「你說在撒鹽後，那個男童的鬼魂發出慘叫聲，也說明帶有淨化能力的海鹽，對那個鬼魂帶來了傷害。如果是一般惡作劇的遊魂，面對這種情況應該會知難而退。可是那個小男孩卻堅持守在你家門前，那便很耐人尋味了。」

「你的意思是……有什麼理由，逼得他不得不留下來騷擾我嗎？」

「那孩子多次來到屋子騷擾你，讓你無法入睡、損耗你的精氣神，在你時運與精神最差的時候，便能弄死你，並且吞噬你的魂魄。這做法不但可以壯大自己，還能夠使喚你任他驅使。」劉天華解釋：「還有那個把人皮拿來當球拍的女孩。起初聽你提到那小女孩的事情時，我們不是猜測她是被術士操控的邪靈嗎？也許那背後的術士操控的不止一個怨靈？會不會因那個紅衣女童而死的人，他們的靈魂也會受到那個術士的驅使？」

「不會吧？我不記得自己做過什麼招人怨的事情，怎麼就這樣被人盯上啊？」安然抓狂地說道。

劉天華想了想，道：「也許不是因爲你做過什麼事，而是你有什麼東西是對方想要得到的？」

安然攤了攤手：「那就更不可能了。能夠驅使怨靈什麼的，絕對是個世外高人吧？我一個普通的小市民，有什麼東西值得他們這麼勞心勞力地對付我？」

劉天華也想不出所以然，最終拍拍桌子，露出了視死如歸的神情：「既然想不明白，我今天晚上便到你家守株待兔好了。讓我看看到底是誰竟然不顧這一行的守則，做出這麼超過的事情！」

說罷，劉天華便不再說話，靜靜等待著安然感動的歡呼。

「天華，你……你沒關係嗎？要知道你是個只懂看相、看風水的神棍……」可惜安然聞言是很感動沒錯，但更多的卻是不信任的神情。

劉天華頓時噎住，快要被安然氣得吐血了：「你這個沒良心的！妾身爲了陛下以身犯險，可陛下卻冷酷如斯，實在是寒了臣妾的心。」

「我不是叫你少看點宮鬥劇嗎!?」安然覺得眼前這傢伙怎麼看怎麼不可靠啊！

劉天華比起了蘭花指，一臉幽怨地指控：「你無情你殘酷你無理取鬧！」

安然一秒回答：「我就是無情就是殘酷就是無理取鬧！」

想不到安然竟然接得那麼快，劉天華樂了：「沒辦法，誰教我真的喜歡你呢？不管是那個無情的你，殘酷的你，還是現在這個無理取鬧的你。」

安然：「……」

好吧我輸了，我實在接不下去。

看到安然一臉黑線的模樣，劉天華笑著拍了拍胸口保證：「別擔心，雖然我沒有陰陽眼，驅鬼方面的事情也不擅長，但也不是沒有保命的法子。有我幫忙，總好過你這個什麼都不懂的門外漢亂來。別忘了你還有那道護身符，那可是值不少錢呢！功能方面絕對好得沒話說！」

安然點了點頭，雖然臉上沒有表現出來，但劉天華如此不遺餘力地幫助他，其實安然還是很感動的。

看到安然點頭，劉天華咧嘴笑道：「那我們現在談一下收費吧！看在熟人的份上，我會給你打個七折的。」

安然嘴角一抽，他現在一點兒也不感動了！

異眼房東の日常生活

第六章・碟仙

就在安然與劉天華商量事情時，先一步回到家裡的林家兄弟，正拿著工具準備洗刷大門上的污痕。

用濕布抹拭著大門痕跡的林俊，邊抹邊喃喃自語道：「真奇怪，這些污痕到底是怎麼弄上去的？看起來還有點像抓痕，真是見鬼了！」

一旁的林鋒看著褐黑色污痕在濕布的抹拭下逐漸糊成一團，隨即在水中化開，突然伸手抓住林俊的手：「別抹了。」

林俊愣然停下手上的動作：「怎麼了？」

林鋒並沒有立即回答弟弟的疑問，而是用指尖抹下一點污痕，並仔細打量了一會兒後，這才說道：「這些是血跡，而且是至少好幾天以上的血跡！」

林俊愣了愣：「不是吧？我確定昨天大門上還沒有這些東西啊！」

林鋒皺起眉頭，顯然也想不通這個問題。不過想不到答案，林鋒便不再糾結，取出手機朝大門拍了好些照片。確定把所有血跡處全都拍進去後，林鋒便取來一些小瓶子，小心翼翼地把血樣刮進去保存。

做完這些事，林鋒這才說道：「可以了，你繼續吧。」

林俊看著門上的污痕，先前不知道時還覺得沒什麼，可是得知這些是血後，看著它在濕布的抹拭下化成一團黑褐色糊狀物體，林俊便覺得非常噁心。

而且這些血痕，看起來還很像爪痕……

「二哥，你說……該不會是有什麼東西用手抓門，一直抓得滿門都是血吧？」

林鋒拍拍弟弟的頭，道：「誰知道呢？」

「別拍頭！我不是小孩子了！」林俊一把將林鋒的手揮開，十分硬氣地狠瞪過去表達出心中的不滿，卻因爲腳蹲麻了，一時間站不起來，只得維持著這種矮半截的姿勢，看起來實在一點兒威嚇力也沒有。與林鋒相比，在氣勢上更是弱爆了！

當安然領著呵欠連連的劉天華回家時，看到的便是這麼一個有趣的畫面。

劉天華是林俊好友，對林鋒來說並不陌生，自然也知道這是個爲了學習風水與家裡鬧翻、在大學選修建築只因爲這一科能與風水扯上關係的奇葩。

雖然對於劉天華到底有多少眞材實料，林家兄弟一直存疑，但聽到安然再次遇上怪事，而劉天華則是爲了這次事情而來時，他們還是對對方的幫助表示歡迎。

反正即使劉天華實力不怎麼樣，至少他提供的法器還是滿有用處的，這一點在炸屍案事件那次，林俊已親身領教過。

今早礙於王欣宜在場，安然仍未向林家兄弟提及昨晚的經歷。現在少女不在，安然便把昨晚的經歷仔細道出。

敘述的同時，安然免不了得再次回憶起昨晚恐怖的經歷。先前在劉天華家說出來時，安然只覺得心裡有點不舒服。可現在身處現場，當時那種緊張心情、持續一整晚讓人崩潰的恐懼感，卻不是說克服便能克服得了的。這讓安然敘述時忍不住帶著一絲顫抖，眼中也透露出掩蓋不了的恐懼。

在說到出現疑似抓門聲響時，安然想起出門時看到的污痕，道：「大門上的痕跡未免出現得太巧合了，我總覺得與昨天的事情有關。」

林俊道：「嗯，那些痕跡看著怪不舒服的，不過我都清理乾淨了。」

本來林俊還想告訴安然，那些污痕很有可能是乾涸的血。不過見對方努力壓抑著恐懼、故作堅強的神色後，他還是不忍心道出真相。心想不管那些是不是血，安然要面對的事情也不會改變了，現在就先不嚇他了吧！

拍下照片，並搜集一些血液樣本的林鋒，同樣對這件事守口如瓶，顯然懷著相同的想法。

聽了安然的經歷，林俊「嘖」了聲，道：「這是什麼餿主意？要是撒鹽能辟邪，那賣鹽的鹽商不就笑翻了？」

劉天華硬是忍著、忍著，都快忍得內傷了，終於忍不住出言反駁：「就是因爲有用，鬼魂才會有所反應！」

安然連忙上前隔開二人，他可是與劉天華相約好，今晚要把那男孩的鬼魂找出來。接下來也許會有一場苦戰呀，而這兩人卻在鬧窩裡反，就不能讓人省點心嗎？

「今晚天華會留下來，幫忙看看是什麼狀況。到時候要麻煩你們留在天台屋，聽到什麼聲音都別下來。」安然道。

林俊提議：「不如安然你也上天台屋避一下吧。留下來多危險，讓天華一個人去做不就好了？反正你也幫不上忙。」

劉天華頓時表達不幹了：「喂！你這麼說也太過分了！爲什麼會有這種差別待遇啊？」

林俊揚了揚手上的帳單：「就憑你收的高額價錢。」

劉天華：「……」

林鋒毛遂自薦：「需要我留下來嗎？」

對於林鋒的好意，劉天華雖然很心動，可惜只能拒絕：「鋒哥的煞氣太重，再加上本身是能讓邪魔退避的命格，你留下來只會讓那些東西不敢出現，無法從根本上解決問題。」

林鋒頷首道：「我明白了，如果有什麼要幫忙的，可以找我。」

劉天華道：「鋒哥雖然不能留下來，可是呢，阿俊可以。」

林俊瞪大雙目：「喂喂！你這麼說是什麼意思？該不會是在報復我剛剛說要把你一個人留下來吧⁉」

劉天華嘿嘿一笑：「才不是呢。阿俊你本身是大富大貴的命格，像這種富貴天成的命，待在我們身邊反而能夠增添一些氣運。」

林俊一臉不信地反駁：「胡說，上次的炸屍案，我差點兒沒命耶！」

劉天華聳了聳肩：「那就對囉！你都已經被厲鬼附身了，最後竟然能夠全身而退，只是受了些驚嚇，這不叫好運，那什麼才叫作好運？」

林俊明顯有些動搖了：「我留下來眞的有幫助？不騙我？」

劉天華拿下眼鏡，把雙眼睜得大大地說道：「來，看看我。看看我這雙充滿眞誠的眼眸！」

眾人：「……」

最終林俊還是被劉天華說動了：「好吧！看在安小然的份上，我便勉爲其難地幫你吧！」

晚飯後，林鋒早早便回到天台屋休息，把三樓大廳留給劉天華等人。

整個下午都用來補眠的劉天華，現在精神已恢復過來。安然雖然也有午睡，但因爲記掛著晚上的事情，所以還是顯得有些精神不濟。

到了合適時間，劉天華便開始行動了。

他先在客廳正中央點上一根蠟燭，並且以大門爲出發點，嘴巴邊唸唸有詞地低聲唸著咒語，邊從大門開始把白米撒落在地上，形成一條由糯米組成、連接著大門與蠟燭的道路。

隨即劉天華便用紅繩綁上大家的左手上，讓三人手連手地連繫在一起。

忙完這些準備工作，劉天華才向安然二人解釋：「鬼魂只針對安然一人，前兩晚也只有安然能感覺到家裡的異樣。這條紅繩能夠把我們的魂魄連繫在一起，只要紅繩沒有鬆脫，我們便能與安然看見同樣的事物。」

自從看到劉天華忙著那些布置後，林俊便一直覺得家裡變得陰森鬼氣，現在聽到對方這麼說，他立即反應過來：「你的意思是，我也會像安然一樣見鬼嗎!?」

劉天華向他咧嘴一笑，露出一口雪白的牙齒，亮得人眼睛發疼。

「好吧……見鬼就見鬼，又不是沒見過……」看到劉天華挑釁的笑容，本來有些退縮的林俊卻又放不下面子，只得努力做好心理建設。

見林俊如此，早就緊張不已的安然忍不住學著他：「見鬼就見鬼吧，又不是沒見過……」

劉天華哭笑不得地看著二人，道：「你們也太誇張了吧？尤其是阿俊，前陣子不是對鬼怪很有興趣嗎？」

林俊「嘖」了聲：「我感興趣不代表我喜歡被鬼追，也不代表我喜歡招惹真的鬼魂。我之所以感興趣，主要是因爲確定了這個世界有鬼魂的存在，因此想要知己知彼而已，並不表示我喜歡他們！」

看到林俊說不到兩句又開始炸毛，安然嘆了口氣，主動岔開話題：「那蠟燭與糯米呢？」

劉天華笑道：「這個我先賣一下關子，到時候你們就知道了。總而言之，一會兒再出現敲門聲的話，安然你就像昨晚那樣，使勁把鹽往大門撒過去就可以了。」

準備工作完畢後，隨之而來的便是漫長的等待。因爲還要捉鬼，三人自然沒有睡覺，皆坐在客廳裡看電視。

安然的眼睛雖然盯著電視機，可思緒卻已飄得老遠。一旁的林俊與劉天華也是一副心不在焉的模樣，顯然心思完全沒有放在電視影集的劇情上。

突然，三人眼前一暗，電燈與電視機突然全部熄滅了。

停電了嗎？

這個想法才剛冒起，安然便知道自己猜錯了。因爲在電視突然關機、客廳瞬間變得安靜之際，一陣敲門聲在靜寂的黑暗中清晰響起。

所有人的神色皆不約而同地變得緊繃，心想：來了！

劉天華拿起打火機，笑道：「本來只打算用來點蠟燭用，現在倒好，還可以順道用來照明。」

一旁的林俊則撇了撇嘴，打開手機的照明功能，客廳頓時明亮了起來。

看到林俊挑釁的眼神，劉天華嘴角一抽，決定不與這個大少爺一般見識。

有了手機的照明，三人順利來到蠟燭旁，隨即劉天華揚了揚下巴，向安然示意；安然見狀點點頭，拿起早已準備好的粗鹽往大門撒去。

接著，狀況就像昨晚事情的重演，隨著安然的動作，門外立即傳出淒慘的尖叫聲。初次經歷這些的林俊與劉天華雖然早有心理準備，但還是被狠狠嚇了一跳。

不過雖然被嚇一跳，但劉天華的動作沒有絲毫含糊。在尖叫聲響起的同時，他便立即用打火機點燃身前的蠟燭。

在安然與林俊不可思議的目光下，地面上晶瑩剔透的白色糯米竟然以肉眼可見的速度改變了顏色，從大門開始，迅速朝蠟燭的方向變黑！

當圍在蠟燭四周的白米全都變成灰黑色後，門外的聲音也倏然而止。

「他走了？」林俊問。

「不……」劉天華呼了口氣，隨即笑道：「他進來了。」

「什麼!?」林俊立即炸毛：「你竟然還笑得出來？他在哪？先前不是說我們現在也看得到他嗎？」

「這些糯米構成了一條通道，能夠把外面的靈體引導過來。即使對方背後有術士操控，但只要在蠟燭燃燒的時間內，那個靈體便能待在這裡，並且暫時脫離對方的控制。」劉天華摸摸下巴，隨即補充一句：「應該是這樣沒錯。」

「『應該是這樣沒錯』是什麼意思？你先前不是一副胸有成竹的模樣？」林俊現在非常後悔，爲什麼他竟然會相信劉天華，認爲他能夠好好地駕御這次事情？

「我知道紅繩加上咒文有這種效果，卻從未在現實中試驗過。所以到底效果如何，我也不太清楚。眞奇怪，爲什麼什麼都看不見呢？」劉天華道。

「所以說，你把我們拿來當試驗品？」林俊差點淚流滿面。沒有這麼玩人的，現在要求退場可不可以？

劉天華笑著拍拍林俊的肩膀：「人生總有很多第一次，安啦！」

「可惡！我以後不相信你了……安然，你怎麼了？」說到這裡，林俊奇怪爲什麼一旁的安然那麼安靜。結果往旁一看，卻見安然的雙目透露著恐懼，眨也不眨地瞪著已經關掉的電視機，一副如臨大敵的樣子。

「電視機有什麼嗎？」林俊疑惑地往電視裡看，螢幕上一片漆黑，在燭光下反射出四人的身影……

等等！四人!?

林俊原本漫不經心掠過電視螢幕的視線，迅速重新投放在螢幕上。驚見漆黑一片的螢幕除了反映出他們三人的身影，還有一個小男孩站在他們身後！

「嘩！」林俊驚叫了聲，人也不由自主往旁邊退去。要不是安然反應快，伸手拉住他，林俊差點因爲這個大動作，使綁在手上的紅繩鬆脫了。

見林俊嚇得方寸大亂，安然突然覺得最近老是受到驚嚇的自己，原來在不知不覺間膽子還是大了不少。記得最初他也是像林俊這樣，看到奇怪的東西後便反應很大地只想逃離，前段時間在演奏會看見叮鈴的鬼魂時，他還嚇得忍不住慘叫出來。

可是今天發現螢幕上的人影時，安然也只是心臟「怦怦怦」地激烈跳動，整個人嚇得僵硬著不敢動彈而已，並沒有任何過於激動的反應。甚至在林俊嚇得要退走時，還能及時止住對方犯傻的動作。

這也算是有進步吧？

雖然這種因爲遇上太多靈異事件，因此硬是把經驗值刷爆的進步，安然眞的一點兒也不想要……

林俊引起的動靜這麼大，劉天華很快就發現電視螢幕上多出來的人影。相較於林俊的反應，劉天華顯得冷靜多了：「難怪我們什麼也見不到，原來他顯現在這裡啊……」

林俊冷靜下來後，便小心翼翼地打量著電視機的螢幕。螢幕上多出來的是個小男孩的身影，不同於林俊等人反映出來的倒影，這個男孩顯現的影像，與他們這三個活人完全相反——應該深色的地方偏白、應該淺色的地方倒是顯得深色，就像是負片效果的照片。

總而言之，就是特別恐怖、鬼氣森森。

林俊問：「他現在是……在電視機裡面？」說罷，便緊張地等待劉天華的回答，只要劉天華一點頭，這台林俊爲了打電動時能享受到極致眞實感，因而特別從外國購入的昂貴電視機，林俊一定會二話不說地把它丟掉！

劉天華搖首道：「不……這孩子的魂魄被術士拘禁，我布下的小法陣其實也是一種取巧的方法。你們應該聽說過，人在受到驚嚇時，魂魄會變得不穩定。因此傳說要是突然受到很大的驚嚇，說不定會魂魄離體，須要術士爲他們『壓驚』……」

林俊打斷劉天華滔滔不絕的講解：「說重點！」

「總而言之，撒鹽是擊退妖邪的一個方法，即使無法驅逐對方，也定必會讓門外的怨靈感到不舒服。安然向大門撒鹽時，對方的魂魄因驚嚇與痛苦而受到衝擊，我趁機把他其中的一魂一魄隨著燭光引導進來。也許因爲魂魄不全，因此我們無法直接看到他，只能從倒影中顯現。」

安然問：「他進來家裡沒關係嗎？會不會攻擊我們？」

劉天華安慰道：「放心，在蠟燭熄滅前我們都是安全的。而且他只有一魂一魄，也做不出什麼事情。」

林俊聞言，神色立即變得不好了：「既然如此，你還不抓緊時間？竟然還有閒情逸致說那麼多廢話，看蠟燭都快要燒掉五分之一了！」

安然也催促著：「天華你還有什麼招數的話，快點使出來吧！」

劉天華笑道：「看你們嚇的，我早已準備好了。」

說罷，青年便從背包取出一只小碟子，用油性筆在碟子邊緣點了一點紅點。隨即在餐桌上的報紙裡，挑選一張字數較多的攤平放著，並把小碟子反過來放在報紙上。

看到這個架勢，安然臉色都變了：「天華，你不會想在我家裡玩碟仙吧？」

劉天華彷彿看不見兩名同伴抗拒的神色，逕自伸出手指按在碟背上，問：「怎麼？安然你不是想了解到底是誰躲在暗處想對付你嗎？這可是個好機會喔。」

安然猶豫片刻，在承擔風險了解真相與被鬼魂無止境地騷擾之間，他毅然選擇了前者。

林俊看了看劉天華，再看了看安然，過了好一會兒才下定決心般，把自己的手指按在碟子上。

看著如臨大敵的二人，劉天華笑道：「你們不用太緊張，只要記著無論發生什麼事情，在我說『可以』之前，手指都不要離開碟背就好，其他的事我會處理。」

看到兩人頷首表示了解後，劉天華便收起笑容，沉聲說道：「碟仙碟仙，請問你在嗎？」

沒多久，碟子突然動了，緩緩地移動在一個字的旁邊，碟底的紅點準確對著一個「在」字！

林俊與安然對望一眼，皆從對方眼中看到了驚奇。他們發誓自己絕對沒有發力讓碟子移動，也相信同伴不會開這種玩笑。也就是說，這只平平無奇的小碟子，真的自己在動！

碟子移至「在」字旁以後，並沒有靜止下來，而是繼續移至其他字上。

「救」、「救」、「我」

表示出求救的簡單字句後，碟子便不動了。

劉天華問：「你的魂魄被人拘禁住了嗎？」

「是」

「是誰做的？」

「不」、「知」、「道」

眾人面面相覷。

「是誰讓你過來的？」劉天華再問。

「紅」、「衣」、「的」、「姊」、「姊」

紅衣的姊姊!?

安然立即聯想到那個拍皮球的女童。

可是那個女孩子不是鬼魂嗎？鬼魂也可以驅使鬼魂!?

不對！記得在街燈下女孩是有影子的，沒有影子的只有那個疑似用人皮做成的皮球。

也就是說……那孩子是人囉？

可是如果是人類，頭可以一百八十度轉彎嗎!?

「你是指在公園裡、那個拍皮球的小女孩嗎？」腦袋裡亂糟糟的安然，不自覺便把心裡的問題脫口而出。

發現到自己做了什麼的安然，立即緊張地往劉天華看去，深怕自己的舉動會影響到儀式，甚至引起靈體反噬什麼的。

劉天華安撫地向安然笑了笑，並用眼神示意安然有什麼事可以儘管問。

同時報紙上的碟子再度移動起來，形成了新的句子。

「她」、「拿」、「了」、「我」、「的」、「臉」

「那個皮球眞的是用人皮做的？」

「好」、「痛」

看到這兩個字，安然愣了愣。把孩子的答案歸類爲「是」，隨即再問：「你爲什麼要來騷擾我？」

「姊」、「姊」、「選」、「了」、「你」、「像」、「我」、「一」、「樣」

「你的意思是想弄死我，然後變得像你一樣，操控我的靈魂？爲什麼選我？」

這次碟子移動的速度明顯變快了。

「好」、「痛」、「救」、「救」、「我」、「好」、「痛」、「好」、「痛」

隨即碟子開始迅速在報紙上胡亂移動。劉天華連忙警告：「手跟上，千萬別鬆開！」

安然二人連忙聚精會神地跟著碟子移動，然而碟子愈來愈快，就像想要把二人的手指甩開似的。

劉天華皺起眉頭：「碟仙，恭請離開。」

可惜附在碟子上的靈體卻像聽不見，完全沒有停止。劉天華再說一次，情況依然沒有改善，甚至有加劇的趨勢。

「天華、天華！」

林俊的驚叫，劉天華完全不打算理會：「別打擾我，沒看見我正在忙嗎？」

「不對！看看燭火！」要不是手上正忙著追按碟子，林俊真想給劉天華的後腦勺一巴掌。

聽林俊說到燭火，劉天華總算把注意力從碟子上移開。這才發現蠟燭火光搖曳不定，竟像在狂風中般隨時就要熄滅。

然而，室內根本連點風也沒有！

實在是一波未平一波又起。燭火是結界，也是困著靈體的關鍵，要是燭火熄滅了，那個男孩的鬼魂便會立即離去……

「天華、天華！」

這次發出驚叫的人換成了安然，劉天華快抓狂了：「這次又怎麼啦？」

「快看電視機螢幕！」

劉天華把視線轉至螢幕上，驚見映照在螢幕上的男孩已經不見了，取而代之的是一個年紀比男孩稍長的女童。女童雙手拿著皮球，仔細一看，皮球上還有著一張活像男孩的臉皮……

天山童姥出現了！

「咻」的一聲，蠟燭熄滅了。

異眼房東の日常生活

第七章・引魂燈

「有別的東西跟隨著那個小男孩的一魂一魄而來，現在就在這間屋子裡！」劉天華低吼：「聽著，既然他不肯離開，我們只能自主脫離。一會兒我數三聲，數到三時我們一起鬆手。」

說罷，劉天華便數道：「一、二、三！」

三人同時鬆手，碟子頓時失去控制，在報紙上瘋狂打轉。

林俊問：「現在怎麼辦？」

劉天華道：「聽那孩子所說的，再細想安然這段時間的遭遇，那小男孩應該一直受紅衣女童怨靈驅使。我們要做的，便是找出她的魂魄所在，給她狠狠一擊！」

安然問：「那個女孩……到底是什麼東西？」

「吞噬靈魂以壯大自己的邪靈。現在我可以肯定，那個紅衣女童絕對是術士用邪術製造出來的邪靈。畢竟再厲害的惡靈，也不會像她那樣有著這麼多害人的手段。從她的行徑猜測，她的主人應該是用『放養』的形式來養鬼。」

「放養!?」

「放養的意思，就是將寄放著女童靈魂的媒介，收藏在一處陰氣極重的地方。

期間術士會放任邪靈傷害路過行人，一開始邪靈只會讓時運不濟的行人遇上一些麻煩，當邪靈見了血光，便會變得愈來愈危險。養的時間久了，便像你所看到的紅衣女童一樣，會奪人性命。」

劉天華頓了頓，續道：「那個紅衣女童顯然已害了不少人命，但她有著一個很大的弱點，便是承載著她魂魄的媒介。只要破壞媒介，那麼束縛她害人的法術自然會失效。同時被她控制著的靈魂也能夠獲得解放。」

劉天華邊說，邊從背包取出一枚刻了不明符號的小石頭，放在繞圈打轉的碟子上。頓時合三人之力也無法使其停下的碟子，竟然被這枚輕巧的小石頭壓得停止轉動！

「別發呆了，我們走吧！」劉天華拍拍安然的肩膀，率先站起。

安然看著暫時停止的「碟仙」，問：「不用理會他嗎？」

劉天華笑道：「那個女童既然自己闖進來，就別怪我不客氣了。邪靈是無法離開媒介太遠的，因此承載著她魂魄的媒介一定在不遠處。剛剛我已捕捉到她的氣息，順著這股氣息，便能夠找到媒介。」

林俊震驚地說道：「我們住處附近竟然有這麼危險的東西嗎!?」

劉天華嘆了口氣：「現在不是追究的時候了，趁引魂燭仍然記得她的氣息，我們盡力把她找出來吧。不說她將安然視為目標，光是知道這件事，我們總不能放著不管，任由她去害人。」

聽到劉天華的話，林俊靈光一閃：「我想起一些東西，或許有用。」說罷，青年連忙打開組合櫃抽屜，取出一個放著黑褐色粉末的玻璃瓶。

「這是？」安然完全看不出瓶子裡放的粉末到底是什麼東西。

林俊道：「中午外出時，我們不是在大門上發現一些污痕嗎？清理時，鋒哥說那些污痕其實是血跡，而且還有不少時日了。我們覺得奇怪，便把其中一些血跡刮下來放進瓶子裡。後來安然你不是說昨晚大門傳來疑似用指甲抓門的聲響嗎？你們說這些……會不會是那個小鬼的血？」

安然訝異道：「阿俊你總是渴睡就有人送枕頭，該不會天華說的是真的，你真有著什麼大富大貴的氣運吧？」

林俊把瓶子交給劉天華，隨即勾住安然的肩膀，笑道：「我就是你命中的貴人，安小然，你怎樣報答我？」

安然翻了翻白眼：「以身相許好不好？反正我在王欣宜眼中都變成『野男人』了。」

想到王欣宜那奇怪的言論，林俊「嘖」了聲，一掌拍在安然額上：「你想得美！」

劉天華打量了玻璃瓶內的粉末好一會兒，最後小心翼翼地倒在一張黃色符紙上。只見青年把燒剩了一半的蠟燭放進一個白色的紙燈籠裡後，便將符紙摺成三角形，丟進燈籠裡，任由裡面的蠟燭將其燒燬。

最不可思議的是，明明是紙做的燈籠，在符紙燃燒時竟然沒有跟著燒起。甚至符紙都燒成了灰燼，燈籠還是絲毫無損。

從紙燈籠那薄薄的白色紙張看進去，能夠清晰地看到裡面的燭火。當符紙燃燒殆盡，原本向上燃燒著的燭火，竟然歪斜地指向大門方向，彷彿正指引著眾人。

「可以了，我們跟著燭火指引的方向走。」劉天華說罷，便把手中的引魂燈交給安然。

就在三人正要離開之際，電視機突然再次有了畫面。然而螢幕上所顯示的，卻不是應該正播放著的電視劇，而是整面雪花。

雪花只出現短短數秒，隨即花斑斑的畫面便連同「沙沙」聲響再次消失。由於安然三人已離開原本的位置，因此這一次，他們的身影並沒有映照在漆黑的螢幕裡。取而代之的，卻是拿著皮球的女童，以及她身後的一堆人影！

女童身後的人年紀有大有小、有男有女，那個老是找安然麻煩的小男孩，也身處這堆人之中。

明明空無一人的客廳，在電視機的螢幕上卻反映出滿滿人影。這狀況，比直接看見滿屋子鬼魂更加陰森，令人心生寒意。

這些人影映照出來的形象，依然帶有詭異的負片效果。頭髮等深色處顯白，面部等淡色的地方卻呈黑色，讓人眼花撩亂。

電視螢幕映照出來的人數絕對不少，把整間客廳都擠滿了，畫面甚至還映出超過電視機所能映照的範圍！

這讓安然等人感到渾身不自在，他們搞不清楚自己所站的位置到底有沒有看不見的東西。據目測，電視機所反映出來的人影，至少有二、三十個鬼魂呀……

這些人……該不會全都是被紅衣女童害了性命、拘禁了靈魂的怨靈吧？

安然被自己這個想法嚇了一跳。要是他的猜測沒有錯，那麼這個紅衣女童到底有多凶悍啊？

而且她還拿著受害者的臉皮當皮球拍啊拍的，可以不要這麼變態嗎!?

就在安然胡思亂想之際，林俊一把拉住他的手臂，把人拉扯著追上劉天華的腳步：「別看了，快點找到那個媒介，把事情解決掉才重要！」

林俊說得有理，安然點點頭，加快步伐跟在劉天華身後，三人隨著燈籠中火光的指引踏出了家門。

出了房子，安然發現本該身處管理處的管理員不見了，四周房子更是一點兒光亮也沒有。香港人大都喜歡晚睡，這個時間不可能連一隻夜貓子都沒有。

四周瀰漫著讓人不舒服的黏膩感，整個屋苑被一股濃霧籠罩著，明明已是夏季，氣溫卻寒冷刺骨，讓夜色中的三人不由自主地縮起身子。

「這是什麼鬼天氣？即使晚上溫度比較低，但也太誇張了吧！」林俊邊走邊罵咧咧地抱怨著。

雖然同樣覺得冷，但相較於明顯吃不了苦的林大少爺，安然與劉天華則顯得淡定許多。

劉天華邊小心觀察著燭火指引的方向，邊道：「那個邪靈也是著急了吧？她利用陰氣影響我們的視覺與觀感，想藉此影響我們的行動。因此我們會覺得陰冷，也會看到一些奇怪的東西……前面右轉。」

三人依照燭火的指示前進，安然問：「所以說，其實鬼魂影響的只有我們，而不是眞的改變了屋苑的環境？」

劉天華笑道：「當然，一般『見鬼』時遇上的鬼打牆啊、鬼遮眼等等，其實都是同樣原理。當然也有例外，但這種情況非常稀有……前面左轉。」

三人走著走著，很快便來到不久前才發生意外的公園。

安然想到初次遇上那個紅衣女童時，就是在這座公園裡，不禁緊張得心裡怦怦直跳，彷彿將會有不好的事情發生般，心裡生起一陣不安感。

就在安然想起那女孩的時候，砰、砰、砰、砰……公園傳來一陣皮球拍動聲，在空曠的環境裡，聲音清晰地傳至公園每個角落。

突如其來的聲響，讓三人停下腳步，小心翼翼察看周圍，卻什麼也沒有出現。等待的時間永遠最磨人，那種不知何時會在黑暗中出現恐怖事物的想法，讓人感到無比煎熬。

林俊最先發現異常之處。只見青年顫抖著手，指向公園角落：「怎麼這個東西還在!?」

安然與劉天華順著林俊手指方向看去，只見一座鞦韆架正靜靜聳立在公園裡。

劉天華握拳輕輕打了林俊一下：「只是個鞦韆架，別胡亂嚇人。」

安然卻像林俊般煞白了臉：「不，天華你這段時間躲在家裡忙著趕論文，也許沒有注意到。自從公園發生意外後，這座架子很快便整個被拆卸下來了，因此這個鞦韆架不可能還在這裡。」

因鞦韆架的存在而吃了一驚的林俊，連連催促道：「我們快走吧。這個鞦韆架突然出現準沒好事，此地不宜久留。」

安然與劉天華沒有異議，三人小跑著離開公園，彷彿身後有什麼恐怖東西追趕著。

如果此時他們回頭察看，便會發現看起來平平無奇的鞦韆架旁，不知何時正站著一個小男孩。小男孩的衣服已被血色染紅，頭顱被穿破一個小洞，從傷口不停湧出紅紅白白的液體……

公園外面有一個小巴站，是附近的居民候車的地方。而小巴站不遠處，傳來了香燭燃燒的味道，這嗆鼻卻又帶點沉香香氣的氣味來源，正是一個路祭的靈堂。

「我記得這個靈堂前幾天應該隨著屍體的火化而拆除了吧？怎麼在公園出現已經拆卸了的鞦韆架後，又出現『不存在的靈堂』？眞是見鬼了！」林俊罵道。

劉天華忍不住笑了：「廢話，我們現在不正是名符其實地見鬼嗎？另外，你覺不覺得最近你的脾氣變得愈來愈差了？該不會是缺鈣吧？」

林俊翻了翻白眼：「我心情差，是因為看到燭火指著的方向，是要我們路過這個『不存在的靈堂』。我可以肯定，路過靈堂時一定會有事發生，虧你現在還有心情說笑。」

看著靈堂的安然則是一臉無奈。猶記得他最後一次看見紅衣女童，便是在這座靈堂外。當時他嚇得掉頭就跑，並且往後除了公園外，安然又多了一條須要避開的路；繞路所需的距離變得愈來愈長，可現在卻還是要硬著頭皮往那個方向前進，難道這是命中註定、怎樣也逃不過的劫難嗎？

面對著怎樣看怎樣詭異的靈堂，三人裹足不前。然而看到燈籠中的引魂燭變得愈來愈短，他們也知道不能再繼續浪費時間了，只得鼓起勇氣，繼續跟隨燭火的指示前進。

既然無法避開，那就只能克服恐懼面對它。安然打量著眼前的靈堂，這座路祭用的靈堂，骨架是由竹搭建而成的簡易竹棚。竹棚四周用布蓋著，兩邊都是一些寫著輓聯的白布，在微風中微微飄揚，看起來陰森恐怖。

靈堂兩旁立著親戚朋友送贈的花牌，中間是一口棕黑色的小棺木，棺木前方放著死者的黑白遺照。

就在三人匆匆路過靈堂時，安然打量的視線落在靈堂的黑白照上。

黑白照上的小男孩有著一張三人並不陌生的臉，他正是那個在夜間拍門、剛剛還顯現在電視螢幕上的孩子！

林俊與劉天華也看到了這張照片，因爲之前已有所猜測，所以現在確定了小男孩的身分後，也沒有感到太過驚訝。

林俊抿起嘴，道：「我眞佩服白樺的直覺，結果公園的命案眞的不算是意外啊！」

想到白樺，安然不由得爲他擔憂起來：「說起來，白警官一直不肯放棄這案件，今天還趁著假期特意前來搜查，他會不會因此被邪靈纏上？」

劉天華聳聳肩，道：「你忘記我曾和你說過，警察是煞氣很重的職業。這與本人的命格無關，而是由職業形成的命格。所以即使警察常年處理命案，他們通常也不會有什麼事情。」

安然點了點頭：「希望吧。白警官人不錯，這年頭這麼有責任感的警察可不多了。」

「呵呵。」安然這句話，立即換來林俊的冷笑。

三人雖然看起來好像很輕鬆地在聊天，可其實只有他們自己心裡清楚，實在是因爲四周環境太陰森，只能以談話的方式來分散心裡的恐懼。

「咦！燭火的顏色……」雖然一直對靈堂保持著警戒，但從沒放鬆觀察燭火的劉天華，臉上一直繃緊的神情難得出現一絲放鬆：「我們已經很接近目標了。只要沿著這個方向走，便能找到媒介存放的地點。」

聽到劉天華的話，安然與林俊立即精神一振，步伐不禁加快幾分。

離開靈堂範圍後，安然神差鬼使地回頭看了靈堂一眼。

這一看，青年嚇得幾乎魂飛魄散！

那幅擺於靈堂正中央的黑白照，上面已不再是熟悉的小男孩，而變成了安然自己的臉！

最可怕的是，黑白照上的「安然」，視線竟然跟隨著眾人奔跑的方向移動，盯得他背脊發寒！

唔唔唔！你以爲自己是蒙娜麗莎嗎？這麼對著我微笑好可怕！

就在安然被「自己」的視線看得心驚肉跳之際，黑白照的「安然」突然向他咧嘴一笑……

靈堂裡的黑白照本就透露著死亡的氣息，看到照片竟變成了自己的臉孔，安然已是繃緊了全副精神，現在照片裡的「安然」不光是動了，還朝他露出陰森無比的笑容，沒有親身經歷過的人，絕對無法理解安然此刻所受到的驚嚇與動搖！

饒是自詡近期遇上怪事時變得比較冷靜的安然，也被這突如其來的變故嚇得六神無主，驚叫一聲後，下意識拔腿就跑，只想離這座靈堂愈遠愈好。

「安然！」

安然拔腿奔跑時，好像聽到了林俊與劉天華的呼喚。然而他嚇壞了，完全處於草木皆兵的狀態。結果當他氣喘吁吁停下來時，四周只剩下自己一人。

看著手腕上鬆脫的紅繩，安然欲哭無淚。只覺得自己真是個大白痴，好想狠狠摑自己一巴掌！

所幸引魂燈一直是由安然負責拿著，即使與劉天華二人分開，也不至於失去了前進的方向。

身邊沒有劉天華與林俊，變成獨自一人時，安然才察覺到四周到底有多安靜。

每走一步，彷彿都能清晰聽見自己的腳步聲，安然緊張兮兮地邊走邊四處張望。

此刻他正身處於露天停車場裡，停車場停了不少車輛，安然每經過一台車，就覺得玻璃窗裡會有鬼魂撲出來。

不過幸好安然想像的恐怖情節並沒有真的發生。漸漸地，他開始習慣獨自一人，寂靜的停車場看起來也變得沒那麼可怕。至少在停車場裡，怎樣都比在那個不應該出現的靈堂好。

安然逐漸放鬆下來後，一枚十元硬幣突然從車底滾出，直直滾至安然腳邊。

自然反應下，安然想也沒想便蹲下想撿起硬幣，然而就在他蹲下之際，頓時醒悟到明明是除了他便沒有人的停車場，車底怎會無緣無故滾出一枚硬幣？

這個念頭才剛生起，安然便像破解了一個幻術般，手中硬幣不知何時變成了一張冥紙……

安然倒抽一口氣，手中的冥紙像是燙手的東西，讓他立即用力丟了出去！

匆匆站起的安然驚魂未定，連忙快步退離先前所站位置。

路祭本就要撒冥紙，安然也不清楚這張冥紙到底是鬼魂用來唬嚇他的手段，還是前幾天路祭時遺留下來的東西。

雖然他很希望是後者，然而想到一開始拿在手中的分明是硬幣的質感，安然便打消妄想，畢竟硬幣與紙幣差距太遠了，而且飄揚出來與剛剛的滾動而出感覺也完全不同。

此時，那輛滾出硬幣的汽車車底突然傳來「窸窸窣窣」類似衣服摩擦的聲音。安然全身僵硬了片刻，便立即頭也不回地隨著燭火指示的方向迅速跑離。

不知道是不是害怕的情緒已到極限，大腦反而開始冷靜下來。安然甚至還苦中作樂地想，如果這是恐怖電影的情節，主角聽到車底傳出聲音後，應該會不怕死地趴在地面察看，接著便會看到躲在車底某種恐怖的東西，並讓自己陷入險境……

對於車底藏著什麼，安然完全沒有興趣去了解。青年甚至還在心裡吐槽著那些電影主角到底是有多重的好奇心，才會在這種明知道不尋常的時機點還去察看車底啊!?

安然知道自己是個戰鬥力不及格的渣渣，卻不是個腦容量歸零的白痴！至少，他沒有這種找死的勇氣。

異眼房東の日常生活

第八章・廢棄的校舍

也許因爲安然成功壓抑了好奇心，所以完美避開了停車場豎起的「死亡flag」，又或者是車底下根本沒什麼，一切都只是他在自己嚇自己。總而言之，安然全身而退地成功離開了停車場，隨著燭火的指引，來到一間殘破的校舍前。

這是一座廢棄多時的學校。根據引魂燈的指示，保存著怨靈魂魄的媒介就收藏在這間荒廢的學校裡。

這座學校鄰近安然所住的屋苑，在這一區已荒廢許久。安然在這裡已住了十年，剛搬過來時學校便已空置，現在都經過十年了，更是荒廢得不成樣子。

安然對這間學校並不陌生，畢竟帶妙妙散步時經常路過這裡。也曾疑惑這麼大的地方，怎會空置了這麼多年都沒有改作其他用途。

雖然學校外圍有鐵絲網包圍，不過不知道是年久失修，還是有人惡意破壞，鐵絲網上有個大大的、足以讓人穿過的破洞。

校舍外則有一座破落的籃球場，春夏時分地面會變成一大片草地。正因爲妙妙很喜歡這片大草地，安然曾偷偷帶妙妙穿過鐵絲網的破洞，進入這座荒廢的學校散步。可惜後來在草地上發現不少碎玻璃，安然覺得不安全便沒有再進去了。

近期這座學校還有鬧鬼傳聞，結果偷偷進入學校探險的人反而多了起來。由於學校校舍已部分倒塌，安全起見，後來鐵絲網便被更換成新的，鐵絲網出入口也上了鎖，讓閒雜人等無法輕易進入。

安然本來還苦惱著不知該如何進去，卻在繞著鐵絲網走了一圈沒有發現破洞、打算認命爬進去時，發現出入口的銅鎖竟然沒有上鎖！

難道是鎖門人忘記上鎖了嗎？

安然都要被自己的好運嚇到了。

由於先入爲主的觀念，一開始安然完全沒去細看這道銅鎖到底有沒有鎖上，差點就要錯過輕鬆入內的方法啦！

安然從鐵絲網出入口直接進入學校後，引魂燈的火光便轉成了青色，並且直直向天，不再指引。安然猜測，這是顯示出他要找的承載魂魄的媒介，就藏在這所學校內。

這是一座只有一層樓高的小型舊校舍，不知道已荒廢多久，校舍內長出好幾棵大樹，也因爲受大樹向上生長的影響，校舍內的天花板早已塌下。也許害怕年久失修的校舍會整個倒塌下來，室內還有一些鐵架用來支撐著破舊的校舍。

灰白色的牆壁表面長滿藤蔓。鐵做的門上滿是斑駁鏽跡，就連油漆都已剝落。倒是放置在門框上的膠板依然保存良好，雖然表面已布滿灰塵，但仍能看到白底紅字的膠板上寫著「校務處」等字樣。

雖然這座校舍並不大，十分鐘內便能繞完一圈，但能夠藏東西的地方實在太多了。教室內又是大樹、又是鐵架與瓦礫，而且現在環境還這麼漆黑，要找一個不知長什麼樣的東西，難度實在不是一般大。

更不要說，在這座校舍內，還有邪靈躲在黑暗中虎視眈眈。

安然看著眼前一片頹門敗瓦的景象，完全不知該從何下手。

最終他決定先從校舍內開始找起。畢竟想把東西藏起來，還要保存得夠好，日曬雨淋的籃球場顯然不是一個好選擇。

安然決定先從最右邊的主任室開始，從右到左進行地毯式搜尋。即使做不到掘地三尺，也至少不要有什麼遺漏。務求做到走過之處，不須重新回頭搜尋的程度。

說起來好像很簡單，可實際做起來卻也不容易。這裡實在荒廢太久了，地面全是泥土、野草與落葉，還有不少瓦片與玻璃碎片。安然找沒多久，便被一塊斷開兩半的銳利瓦片割破手，傷口不大卻割得頗深，一時間鮮血直流，痛得安然倒抽一口氣。

好吧……敵人還未出招，他已經先把自己弄傷了……

安然身上沒有包紮用的物品，所幸傷口出血量雖有些驚人，但不久便自行止了血。經過這次教訓，他搜尋時除了小心翼翼地不要碰到傷口外，還時刻謹記著要避開地面的危險物。

很快地，安然便搜尋完主任室，並來到旁邊的校務處……一間又一間的處室都已搜尋了一遍，最後卻毫無收穫。

難道我猜錯了，東西放在籃球場上？又或者剛剛遺漏了什麼地方，才沒找到？

就在安然正考慮到底是要再從頭搜尋一遍，還是到籃球場碰碰運氣時，卻聽到有人在背後呼喚他的名字。

安然下意識便想回應，卻突然想起曾聽過的一個民間傳說——

傳說，人的身上有三把火，頭上一把，兩邊肩膀各一把。當深夜聽到突然有人喊自己名字時，千萬不要回應、也別回頭。

因為回頭時，其中一把火便會熄滅，如果喊自己名字的是不懷好意的邪靈，對方便可趁機加害於你……

想起這則民間傳說後，安然既不敢回話，也不敢回頭察看。對方卻沒有因此而放棄，又再次呼喊了聲：「安然！」

嗯？怎麼這個聲音聽起來有點熟悉？

就在安然猜想著聲音的主人到底是誰時，肩膀被人拍了一下，嚇得安然像受驚的兔子般踉蹌往前逃，右腳卻不小心踢到樹枝，差點兒摔倒。

身後人連忙伸手扶住安然，還眼明手快地抄起被拋上半空的引魂燈，讓它避過了損毀的命運。

安然在摔倒的同時便知道糟了，引魂燈只是普通的紙燈籠，摔在地上立即就會燒起，想搶救也來不及。想不到卻峰迴路轉，那個嚇了他一跳的罪魁禍首竟把它救了回來。

感覺到從手臂傳來的溫度，安然這才放鬆下來。心想著對方有體溫，應該不會是鬼吧？

安然回首察看，看到身後人時，忍不住愣住了：「白警官？你爲什麼會在這裡？」

白樺沒有立即回答安然，而是先把手中的燈籠交回青年手裡，笑道：「剛才眞危險，這次你要抓緊了。」

「呃，謝謝……不對！白警官你在這裡做什麼!?」

「你知道嗎，這裡的鎖，原本是鎖上的。」白樺勾起嘴角，笑容一如安然所熟悉的帶著幾分儒雅。

安然聞言後震驚了，難道自己有開鎖的超能力？

白樺一看他的表情，就知道對方完全想錯了方向，不由得莞爾一笑，解釋道：「你想多了，鎖是我幫忙開的。剛剛正要到小巴站，卻看到你繞著鐵絲網團團轉，猜你大概是想要進去，所以便順手替你開了鎖。」

「呃，謝謝……等等！白警官你怎麼會開鎖!?」安然沒有說下去的是，這根本是犯法的啊！你一個警察這麼大剌剌地破壞公物沒關係嗎？

白樺忍俊不禁地笑道：「安然，你別在每次向我道謝後，隨即露出一驚一乍的表情。你的態度太大起大落了，我有點適應不良。」

安然愣了愣，回想起來也覺得的確如此，不禁不好意思地訕訕一笑：「我實在是太驚訝了，想不到白警官會出現在這裡。」

這次白樺沒有再顧左右而言他，直接道出出現在這裡的原因：「中午搭便車時，你不是告訴過我，那個鞦韆架的意外也許涉及靈異事件嗎？我看案件一直沒有什麼進展，心想反正都來了，便決定待至晚上再到現場看看。妖魔鬼怪什麼的，應該比較喜歡在晚上出沒吧？」

看到安然奇怪的神情，白樺笑道：「你別這麼看我。也許我這麼執著是有點奇怪，不過我真的覺得案件另有內情，卻又苦於找不到線索，便想著來碰碰運氣，也算是盡了人事，對此案的死者有了交代。想不到卻遇到你，你來這裡又是做什麼呢？」

「這個說來話長……等等！白警官，你看得到我!?」

白樺已經快要習慣安然這種一驚一乍的說話方式，聞言不由得好笑地反問：「當然，難不成我現在正與鬼魂說話嗎？」

安然依舊瞪大雙眼，滿臉無法置信：「可是不對，你應該接觸不到我才對！」

安然這副模樣看起來傻傻的，白樺打趣道：「難道你還是個透明人不成？不過說起來，起初我倒是眞的沒注意到你的存在，先看到的是你手中的白燈籠，然後不知怎地，燭光才逐漸照出你的身影。也許是光線的問題吧？」

先看到的是引魂燈嗎？

安然靈光一閃，想起劉天華曾用引魂燈燃燒了放在符紙裡的血粉。而白樺則是爲了公園的命案而來，此案死者，正是那個拍門留下抓痕的男孩……那會不會，白樺的身上正好帶著沾有男孩血液的證物？

想到這個可能性，安然便直接道出了疑問。

聽到安然的詢問，白樺愣了愣，隨即翻看存放證物與文件的側背包，道：「今天離開辦公室時，順道把死者的檔案取了出來，想著也許用得著。說不定裡面還眞有染上那孩子血跡的東西……有了！」

白樺取出的是個透明塑膠袋，裡面存放著一個手掌大小的布娃娃，上面還有一些乾涸變黑的血跡。

看到這個布娃娃，安然頓時神色一變：「這東西哪兒來的!?」

白樺莫名其妙地看著安然如臨大敵的模樣，道：「是死者死亡時拿著的布娃娃，被我們帶回警署作證物了。這個娃娃有什麼問題嗎？」

「這東西……感覺有點不舒服，你快點把它收回去。」安然臉色蒼白地看著透明塑膠袋裡的布娃娃，雖然有部分已被鮮血弄髒，可是仍然看得出它的身上穿著紅裙子。不知爲何，看到這個布娃娃的瞬間，讓安然立即聯想到那個拍皮球的紅衣女童。

這個想法冒起後，安然便覺得布娃娃那雙由黑色圓珠子做成的雙眼彷彿正盯著他看，這感覺讓他寒毛直豎，只想離這個布娃娃遠遠的。

被安然驚懼的神色嚇了一跳，白樺雖不知道對方爲什麼如此害怕這個布娃娃，但還是依言把東西放回側背包裡，並且再次詢問：「那你呢？潛入這裡做什麼？」

「說來話長……總而言之，我在找一樣很重要的東西，這東西也與你正在調查的案件有關。事後我會把所有事情都告訴你，白警官，你可以幫忙一起找嗎？」安然決定把白樺拖下水，誰教有了小夥伴的感覺就是不一樣呢。自從白樺出現後，安然頓時覺得懸在半空的心有了著落，也沒有先前那麼害怕了。

何況他找了這麼久都找不到劉天華口中的媒介，白樺查案那麼厲害，說不定能夠察覺到他所忽略的線索。

白樺聞言頷首道：「我可以幫忙。反正我現在的調查也沒什麼進展，閒著也是閒著，你要找什麼？」

安然描述：「我也不太清楚具體是什麼模樣的東西，但體積應該不會太大，而且是有著一定年月的舊東西。把東西藏在這裡的人不希望別人看到，因此會把它收藏在較難找到的地方。範圍不會超出這座學校……我所知道的大概就是這些，白警官你有什麼想法嗎？」

白樺想了想，道：「如果是我，大概會把東西埋在地下吧？」

「什麼!?」

看到安然震驚的模樣，白樺覺得這個青年眞有意思，不同於一開始認識的時候，那時安然對他的警戒心很重，防他防得跟什麼似的，每說一句話都深怕會因此與叮鈴一案有牽連。

可自從叮鈴一案結束後，安然與他相處便變得自然許多，也許因爲白樺是知道他眼睛祕密的人之一，因此安然在他面前總會不自覺展露出眞性情，看起來就像個孩子。

說起來，安然其實也只是個二十歲的大孩子。要是仍在學，這個年齡可還在讀大學呢！

一想到這裡，白樺看安然的眼神不由得柔和了下來。

此刻，安然滿腦子都在思考著白樺剛剛的猜測。確實，如果是體積小的東西，只要放在密封的盒子再埋進土裡，那麼被人發現的機會便能減至最低。

而且小東西埋起來也不費時，還可以埋在很深的地方……

想到這裡，安然不淡定了。

今晚的行動，可以說是破釜沉舟的做法，安然肯定自己這群人已經大大得罪了那個想要對他下手的邪靈，也許還因而驚動了邪靈背後的邪惡術士。萬一對方再想出什麼陰險的招數來對付他，到時候敵在暗、他們在明，處境絕對不妙！

劉天華說過，這種養鬼做壞事的邪法都是逆天而行，要是被破解，施法的術士勢必會受到嚴重反噬。因此他們這次的行動要是成功，不光可以解決對他虎視眈眈的紅衣女童，還可以讓背後的術士受到重創。

愈是想像著失敗後的嚴重後果，安然愈是了解破壞承載邪靈魂魄媒介的重要性，同時對於現在遲遲找不到目標的狀況，愈是感到心煩意亂。

校舍內荒廢、黑暗的環境，本就讓身處其中的人感受到壓迫感，再加上安然這幾天睡得不好，精神疲憊下更容易胡思亂想。

這可不是在玩遊戲，角色死亡後還可以重新開始，現在只要一有什麼差錯，可是真的會危及人身安危。

安然想到這裡，臉色不禁更蒼白，眼中滿滿都是焦躁與憂慮。

白樺有著驚人的觀察力，立即察覺出安然的狀況不對勁。雖然並不清楚事情的來龍去脈，但能夠讓安然深夜出現在這裡，還神神祕祕地尋找一些連他自己都不知道是什麼模樣的東西，白樺很快便聯想到，也許是安然又看見了什麼不得了的事情，並且把自己牽連進去了。

畢竟現在安然焦慮的模樣，實在與青年當時深受叮鈴一案困擾時的狀況非常相像。

「安然，你說人爲什麼會害怕鬼魂？」

白樺的詢問來得突然，內容更是莫名其妙。不過安然有著一副溫和認眞的好性情，雖然心裡很亂，卻仍是認眞思考著白樺的詢問：「因爲……大家都不確定吧？不知底蘊的東西，總會讓人覺得心裡毛毛的。」

白樺聞言點了點頭，道：「既然如此，爲什麼你要害怕呢？鬼魂對你來說已經是眞實的、看得見的東西了。」

安然愣了愣，這才明白白樺是繞著圈子在安慰自己。他心裡一暖，現在的他的確須要向別人好好傾訴一番，便毫無保留地道出了心裡話：「雖然我看得見他們、知道他們到底是什麼東西，可是我能夠對付他們的手段卻不多。也許……所謂的『害怕』，最主要的原因便是知道那可怕的結果吧？而我，是眞的確實知道邪靈到底有多危險。」

就像一個孩子，因爲不知道火焰會燙傷手，看到火光漂亮時會伸出手想要觸碰。可是成年人卻知道這樣做很危險，對火光便會生出畏懼之心。

白樺笑道：「可是，如果我們面對的是拿著刀的悍匪，或是拿著手槍的搶劫犯，那不也是很危險嗎？他們相較於邪靈的危險性，應該也是不遑多讓吧？」

安然聞言微怔，心想那根本沒得比，白樺舉的例子比惡靈的危險性更加可怕而直接。

畢竟依照劉天華的形容，術士啊邪靈啊什麼的，其實並不是能夠毫無顧忌地害人的，因爲他們擁有力量，而且大多是逆天而行的存在，因此特別受到天道的關注。即使想要傷害別人，也有各種限制，事後還要想辦法消除事情所帶來的報應。

就像這次事情，邪靈想要加害他，必須要先削弱他的精神，從而讓他的魂魄變得虛弱，甚至還得找個什麼陰時陰月之類的日子才好動手。因此被這些東西盯上，安然雖然覺得恐慌，但其實並未有即時的危險性，安然甚至還有充裕的時間找人幫忙，想辦法與對方周旋。

這一次即使找不到邪靈的媒介，也不代表真的會有不可挽救的危險。畢竟怨靈背後的術士敢不敢冒著被人發現的危險，再次出手對付他們，還是一個問題呢！

安然相信既然世上還有著如此神祕的力量，世界不可能任由這股力量無限制地害人。對方如果做得太過火，一定沒有好下場的。

這麼一想，竟然覺得邪靈沒有想像中可怕了！

白樺並沒有打擾安然的思考，看到青年的神情放鬆下來後，笑道：「雖然面對鬼魂我沒什麼經驗，可是既然那些窮凶極惡的悍匪也拿我莫可奈何，我便不相信自己無法在區區的死人面前保護你。既然都是已死的人了，便應該到黃泉好好過生活，留在人間蹦躂得那麼歡快幹什麼？」

說到最後，白樺嘴角勾起一個完美的弧度，頓時讓出色的面容顯得更加光采奪目。然而那雙看起來柔和的眸子裡，卻是帶著面對敵人時不會有絲毫留情的殺意。

「白警官，謝謝你。」

聽著安然真誠的感謝，白樺拍拍青年的肩膀：「不客氣，保護市民也是警察的責任。現在你有什麼打算？」

安然道：「我想再努力找找看。那東西如果眞的埋在地底……應該是找不到了，但大家那麼努力幫我，我不想就這麼輕易放棄。」

白樺讚賞地看了安然一眼，隨即提議：「既然如此，我建議你從面積比較大的房間開始找起。」

「欸，爲什麼？」

「我只是這麼覺得，如果一個人想把東西藏起來，把東西藏在面積比較大的房間裡，感覺別人找起來會比較困難。藏在一目瞭然的小房間中，便會覺得別人很容易就能找到。所以如果可以選擇，大多會把東西藏在比較大的地方。當然，這也不一定，但總歸是大房間的機會比較高。」

安然本來便沒有什麼想法，聽到白樺的解釋後覺得有理，就從善如流地來到校舍中面積最大的房間裡。

此刻二人所在之處是校舍中佔地最廣的房間，同時也因爲房裡長出了兩棵大樹，直把天花板撐得倒塌下來，是眾多房間中損毀得最嚴重的一間。

安然看著房間地面，一時之間不知道該從何下手。

安然發現他先前很多事情還是想得太簡單了。先不說地面都是玻璃碎片和瓦片，一不小心便會割傷，光是盤踞著的樹根，便已對他們的搜尋造成很大的困擾。

安然手上沒有工具，完全不知道該拿這些樹根怎麼辦。難道徒手斬破樹根？他又沒練過鐵砂掌，這麼高技術的事情他可做不來！

最終安然決定先行動，從地上撿起一支樹枝，便開始蹲在地面挖掘起來。

與安然不同，白樺進入房間後並沒有立即忙著挖地板，而是先把房間仔仔細細地打量一遍，最後視線停留在其中一棵大樹上。

異眼房東の日常生活

第九章・消滅邪靈

白樺總覺得，進入房間後便一直有種被人監視的感覺。因爲職業的關係，他對目光這種沒有實質、別人難以察覺的虛無縹緲東西特別敏感。尤其是他們這些曾調任執行特別任務的警界菁英，要是直覺與觀察力不夠敏銳，早就無法活到現在了。

正因爲感覺到被監視了，讓白樺沒有貿然行動，在安然用樹枝胡亂挖掘地面時，白樺正仰首觀察眼前的大樹。

很快地，白樺便覺得自己找對了方向，因爲在他把視線投放到大樹上時，他清楚感覺到，原本只躲在暗處的監視，變成了猶如實質般的殺意。

強烈的殺意就連安然也察覺到了，雖然他並不知道這種令人不舒服的感覺到底代表什麼，然而青年還是不安地站起身，飛快打量四周。

「小心！」

安然才剛站起，便聽到白樺突然大喊一聲。在安然還沒反應過來之際，就感到背後遭到一陣強烈衝擊！

安然被撞得遠遠摔倒在地，只覺得全身上下都在痛，還有不少地方擦傷了，倒在地上的他，一時之間爬不起來。

把安然撲倒在地的白樺，卻是迅速站起，並且立即擺出防備的架勢。當一臉莫名其妙的安然忍痛站起時，便看到白樺正面對著大樹，一副正與某些東西對峙的樣子。而他剛才所在的位置，則平躺著一截塊頭絕對不小的樹枝！

安然見狀，這才明白白樺爲什麼突然衝來推開自己。這樹枝可不小，要是被砸中，傷勢必定不輕，嚴重的話甚至會危及性命。

當安然摔倒時，手中的引魂燈也脫手飛了出去，紙製燈籠在摔壞的同時迅速燃燒起來。

原本安然還察覺不到白樺在與什麼東西對峙，然而燭光迅速燒上燈籠、四周變得光亮後，安然便看到原本什麼也沒有的大樹枝椏上，竟站著那個讓他受過連番驚嚇的紅衣女童！

看到這情景，安然立即把剛剛發生的事情串聯起來。紅衣女童似乎有著隱藏身影的能力，連安然也看不見。她利用這個能力接近安然，弄斷樹枝想謀害他的性命。怎料白樺不知怎樣察覺到她的存在，在預先有了防範下，助安然逃過一劫。

「她怎麼……突然直接向我動手了？」撿回一命的安然立即走至白樺身旁，只

有貼近白樺，他才覺得能安心。

白樺問：「這麼說是什麼意思？」

安然道：「她不是第一次找我麻煩了，可大多時候都只是讓我受到一些驚嚇，從來不曾直接出手。而且，既然她有直接把人殺死的力量，為什麼一開始不直接對我出手，而選擇驅使其他靈體呢？天華說過，術士進行骯髒事都是暗著來，他們會把事情弄得像意外，很少明目張膽直接出手。」

白樺沉默了半晌，道：「我也許知道為什麼。」

「欸!?」安然瞪大雙目往白樺看去。心想自己與紅衣女童打交道的次數並不少，但總是對她的行為茫無頭緒。白樺明明才初次看到她，甚至完全不知道他們之間的瓜葛，卻說自己知道紅衣女童為什麼突然向他出手？

小夥伴太聰明，這讓安然情何以堪……

看到安然一臉呆呆的模樣，白樺莞爾笑道：「你看看她護在身後的東西，運氣好的話，也許便是你要找的。」

安然這才注意到紅衣女童身後的樹枝上，掛著一卷殘破不堪的小東西。

在火光照射下，安然勉強看見這卷看起來像是布匹的東西上，印著一些奇怪的花紋。注視著這些花紋好一會兒，安然竟看到一股淡淡的灰黑色氣體盤踞在它的上方，一股不祥的力量隱隱把布匹與女童連結在一起。

安然露出驚喜的神情，心道：還眞的讓他們找到了！

不過那東西怎會掛在樹上啊？

安然轉念一想，便理解了爲什麼紅衣女童的力量特別強大，而且急著向他出手了。既然這東西是封印著她魂魄的媒介，她自然要好好保護。同時，邪靈愈是接近這東西，力量便會變得更加強大。

既然已經發現一直在尋找的媒介，安然自然不會客氣。他找出那把小剪刀，只要把剪刀插在媒介上，便能了結這次事情了。

白樺訝異地把視線從女童身上移開，看了安然手上的小剪刀一眼。這動作讓安然的臉紅了紅，覺得拿著一把只有手指大小的小剪刀與邪靈對峙，怎樣看都絕對是矬爆了！

然而白樺卻沒笑他，只是很認眞地詢問：「你想怎麼做？需要我怎樣配合？」

安然有點訝異地看著白樺。這個人雖然看起來溫潤優雅得像個出身良好的貴公子，然而在醫院時看到他與下屬的互動，安然卻知道白樺並不如外表那麼溫和，反而是個很有主見與自信，甚至可說是個強勢的人。

而這個強勢的人，現在卻一副以他馬首是瞻的模樣，這讓安然感到受寵若驚之餘，更決定一會兒要好好表現，絕不能辜負對方的信任。

「我得要用剪刀破壞掛在樹上的東西，那便能夠解決眼前的邪靈。」

說罷，安然便嘗試爬上樹，然而他才剛接近樹幹，便掉下了大大小小的樹枝，差點兒被砸中，只得立即狼狽退開。

飄浮在樹枝上的紅衣女童，依然動也不動地守在布匹旁。雖然這孩子一直保持著活人的模樣，甚至容貌還稱得上可愛漂亮，然而女孩雙目中透露出來的深切怨恨，卻讓安然覺得比任何東西都還恐怖。

安然從來不知道，原來眼神可以充滿如此恐怖的惡意。紅衣女童的這雙眼瞳，就像恨不得所有看到的東西都被毀滅，所有看到的人都死掉才好。

安然深深吸了口氣，努力壓抑著想要拔腿逃離的衝動，他想要繼續爬上樹、嘗試取下布匹時，手臂卻被白樺一手拉住：「等等，可以讓我試一下嗎？」

安然愣了愣，隨即遞上手中的剪刀。

看到安然毫不猶豫就把可以傷害邪靈的東西交給他，白樺臉上的笑容不由得真誠了幾分，伸出的手卻不是接過安然手中的剪刀，而是按著對方的手把它推了回去。

面對安然疑惑的神情，白樺微微一笑，隨即彎腰從地上撿起一顆石頭，揮手便往樹枝上的布匹擊出！

石頭狠狠命中了高處的布匹，只見原本卡在樹椏中間的東西，在石頭的衝擊下晃了下，隨即便直直往下掉！

安然見狀，想也不想便立即把握機會衝過去。同時行動的，還有因布匹受到攻擊而怒髮衝冠的紅衣女童！

如果安然現在抬頭往紅衣女童看去，便會發現她已不再是先前那可愛的模樣。只見女孩雙目一片血紅、面目猙獰，有如從地獄爬上人間的修羅厲鬼。

安然不是不知道惡靈正往自己衝來，可是他並不想放過眼前這個難得的機會。

這是在眾人幫助下才獲得的珍貴良機，要是他如此輕易退縮，又怎麼對得起努力幫助他的劉天華等人？

安然與惡靈幾乎同時到達布匹旁，就在剪刀快要插入那卷看起來像布匹的淡棕色媒介時，邪靈卻先一步勒住了安然的脖子！

安然被邪靈撲倒在地，衝擊力與窒息感讓他再也握不緊手中的剪刀，重要的武器從指間滑落，跌落在安然身側。

此時，安然感到背後傳來一股炙熱感。這感覺迅速蔓延至脖子上，並護住安然的氣管，使女童再用力也無法將安然的脖子勒得太緊，讓他有了喘息的機會。

雖然這股力量令安然避過了立即窒息的危險，然而顯然無法完全阻擋邪靈的攻擊；加上紅衣女童的力量比一般小孩子大得多，小小的手指在安然脖子兩側印上了明顯的紫青色，甚至好幾處都被她弄得出血了。那股凶狠勁兒，看起來彷彿就像要用手指頭將安然的咽喉戳穿幾個血洞！

生死關頭中，安然並沒有放棄反擊，雖然被邪靈限制了行動，然而他的手卻拚命在地面摸索，想要找回掉落的剪刀。

察覺到安然的意圖，跨坐在安然身上的邪靈更是死命加重了手上的力道。明明鬼魂應該沒有重量，甚至即使是活著的小女孩，也應該沒那麼重，可是安然卻覺得坐在胸口上的女童彷彿有著千斤重，自己被死死地壓在地面無法起身。

「砰」的一聲巨響傳來，原本化作實體的邪靈在巨響出現瞬間，影像突然晃動了下。

安然只覺得身上的重量突然消失，不過此時他已顧不得去察看到底發生了什麼事，連忙抓起地面的剪刀，用力插破那卷棕色物體！

紅衣女童發出一聲淒厲的慘叫，隨著叫聲，她身上的皮膚竟開始一片片剝落，很快地，就變成一個被活剝了表皮的血人。看起來就像一具會活動、能夠清楚看見肌肉形狀的醫學模型！

因爲女童的變化實在太慘烈，即使不是發生在自己身上，安然也看得頭皮發麻，彷彿全身跟著痛了起來。

就在女童全身皮膚都剝落後，她身上突然燃起一道烈焰，瞬間把她燒得連灰也不剩。

邪靈被消滅的同時，那股保護著安然的力量也逐漸消失。隨即他便看到一個高高瘦瘦、表面卻是一片焦黑的人影，靜靜站在原本紅衣女童身處的位置好一會兒，然後無聲無息地消失了。

是焦炭君！

安然連忙取出身上那「一次性」護身符，看到護身符絲毫無損，安然愣住了。

安然先前還以為當邪靈勒住他的脖子時，是護身符救了自己。現在看來，難道是焦炭君保護了自己嗎？

為什麼焦炭君會來到這裡？又為什麼會出手救他？

安然百思不得其解地抓了抓頭髮。在電梯裡被焦炭君嚇了一跳，並且被對方在背部蓋了手印後，安然便一直避著他，連那部出事的電梯都不再搭乘，與焦炭君實在沒有太大的交情啊！

邪靈消失，四周詭異的黏膩與陰霾感也隨之消失無蹤。不光瀰漫四周的濃霧散去了，就連昏黃的街燈也變得明亮起來，寂靜得嚇人的夜色再度傳來陣陣蟲鳴……

先前繃緊著神經時還不覺得，現在邪靈消失了，安然才發現雙腿好像灌了鉛似的，腿一軟便坐倒在地，喃喃自語地說道：「這事情算是……結束了吧？」

「嗯，那東西的氣息已完全消失，應該是已經解決了。」

看到白樺邊說邊把手槍收了起來，安然這才發現剛剛響起的聲音，可不正是槍聲嗎？

「白、白警官，你剛剛開槍了嗎？不對！你不是說今天休假嗎？怎麼帶著佩槍出來了!?」

白樺被安然一臉震驚的表情逗笑了，他不但容貌出眾，就連嗓音也非常動聽。那一聲聲的低笑，就像貓爪子般在安然心裡撓啊撓，害安然臉上一紅，不由得心裡暗罵了聲：妖孽！

白樺笑道：「放心吧。剛剛那一下只是空槍。不是有傳說，古人以紙紮獅子及鑼鼓驅走怪獸，後來演化為現在的舞獅習俗嗎？我想起這個說法，便想試一下槍聲對她有沒有用處。至於我的佩槍嘛……我所待的部門是二十四小時佩槍的喔！」

說罷，白樺便上前把那卷被剪刀刺穿的東西撿了起來。安然見狀，立即好奇地湊上去察看。

安然打量著白樺手中的物件，它看起來像是一卷很舊的牛皮，卻又比牛皮來得薄，而且顏色較淺。

不同於看不出所以然的安然，白樺臉上露出了瞭然的神情，雙目閃過一絲冰冷，道：「這些應該是人皮。」

安然訝異地看著白樺手中的東西：「眞的假的!?」

白樺道：「這些人皮經過化學處理，看起來應該已經有一定時間了。是不是人皮我還不敢肯定，但不排除這個可能性。可以把它交給我處理嗎？」

安然對此自然沒有異議。基本上他要做的事情已經完成了，這東西留著，他反而不知道該怎樣處理。

先前還不覺得怎樣，現在聽到這東西有可能是人皮，安然看著便覺得有點噁心。聽到白樺願意拿走它，安然反而大大鬆了口氣。

其實想深一層，這東西是人皮似乎不太讓人意外。畢竟先前劉天華便說過，針對安然而來的邪靈，應該是類似於古曼童之類的東西。據安然所知，養小鬼的術士會用孩子的屍油、骨灰、骨頭，甚至屍體等作爲媒介的材料。既然如此，同樣是控靈術的一種，那個驅使紅衣女童的術士，使用人皮來作媒介，便一點兒也不足爲奇了。

難怪這孩子那麼喜歡剝皮啊！都變態得用人的臉皮製成皮球玩了。因爲自己沒有，所以便看不得別人有嗎？

獲得了安然的許可，白樺便把人皮收入一個透明的證物袋裡。兩人離開校舍後，安然更邀請渾身髒亂的白樺先在他家休息一夜。

「安然！」準備回家的兩人才剛走出鐵絲網，遠遠便看見劉天華與林俊跑來。

當初安然因爲突如其來的驚嚇而弄脫手上的紅繩，讓二人失去安然的蹤影。發現安然不見後，他們沒有立即離開，而是留在原地等候，期盼著安然能夠完成任務，再度出現。

果然，安然並沒有讓他們失望，當他們遠遠看到安然與白樺的身影時，劉天華二人也顧不得現在已是深夜，亦沒理會爲什麼白樺會出現在這裡，而是情不自禁地歡呼出安然的名字，滿心為他平安無事而驚喜。

然而他們肆無忌憚大叫大嚷的結果，便是立即招惹連串的狗吠聲。村屋在香港是難得可以自由飼養犬隻的住宅，再加上遠離市區，因此住戶大多會飼養犬隻看門。這密集的狗吠聲可謂聲勢浩大，就連白樺也深覺大開眼界。

很快地，在連串的狗吠中便傳來狗主人命令犬隻安靜，以及被吵醒的居民大罵的聲音。深知自己闖了禍，林俊與劉天華也顧不得向安然打聽分散後的事情，一行人偷偷摸摸地快步返回家裡。

安然此時不禁在心裡慶幸，好險邪靈一開始便把他與外界分隔開來，不然白樺那一擊雖只是空槍，但聲響一定會驚擾到附近居民，說不定會惹來不少麻煩。

林鋒雖然帶著妙妙上了天台屋，可是卻一直留意著樓下的狀況。當眾人打開大門，已見林鋒與妙妙站在門後守候。

劉天華雖然已覺得很疲累，但心裡有著滿肚子疑問的他並沒有回到家裡，而是跟著回到安然家。

林鋒知道今晚的事情劉天華也參與其中，因此看到青年進門時完全不覺得意外。倒是看到衣服沾染了些許泥濘，卻完全無損溫潤貴公子形象的白樺時，微微一愣，隨即饒有趣味地挑了挑眉，不說話。

感受到林鋒的目光，白樺溫和有禮地向對方微微頷首，然而一雙美麗的眸子卻透露出挑釁的神色。

性格有點大剌剌的劉天華並沒有注意到兩人在平靜表面下的暗潮洶湧，他此刻正眼巴巴地看著安然，等著對方告訴他分散以後的事情。

可惜安然卻無視劉天華的渴望，自顧自地說著：「身上都是泥，髒死了！讓我先去洗個澡再說。」

劉天華不滿地嚷道：「安然你這種態度太傷我心了！你這叫作卸磨殺驢你知不知道!?」

安然拍了拍劉天華的肩膀，一臉揶揄：「成語用得不錯，但我不知道你什麼時候變成驢子了?而且我也沒有宰你啊。」

一旁的林俊聞言也取笑道：「天華，我也是剛剛才知道你換了物種。嗯，果然是一副驢子相！」

劉天華看著兩個耍著他玩的損友，深切明白什麼叫作過河拆橋了！

不過先前還沒發現到，在安然提及身上的髒亂後，劉天華才看到安然沾染泥濘的皮膚上，有著不少擦傷。因此他便不再說什麼，想著先讓安然處理好身上的傷口再說。

安然並沒有忘記同樣弄得一身狼狽的救命恩人，轉向白樺詢問：「白警官，你也先洗個澡，換過一身乾淨的衣服吧。」

此時一直沒有發言的林鋒說道：「上我的天台屋吧。我那裡有獨立浴室，而且我的衣服你會比較合身。」

白樺微笑道：「真是麻煩你了。」

深知林鋒與白樺過去的林俊看了看二人，只覺得他們表面上看似和諧，卻總給人一種風雨欲來的感覺。

看著這兩個老對手一前一後地踏上通往天台的樓梯，林俊心裡暗暗祈盼他們可不要打起來才好。

異眼房東の日常生活

第十章・事情的後續

最終林俊擔心的事情並沒有發生，林鋒與白樺二人下樓時，身上並沒有明顯的傷勢，應該是沒有打起來……吧？

白樺的身型雖然比林鋒來得瘦削，然而他身材不矮，穿起林鋒的衣服倒不至於顯得太過寬鬆。有趣的是，白樺挑了一套舒適的運動服，這種衣服穿在林鋒身上時顯得他滿身匪氣，就像是為了隨時準備與人決鬥。然而穿在白樺身上，給人的感覺卻像個正要到高爾夫球場上打一局球的貴公子。

想不到即使是同一套衣服，穿在不同人身上會有這麼大的差異，只能說這兩人的存在感與獨特性眞的太強了！

此時安然也在林俊的幫忙下處理著傷口，林俊的動作雖然小心翼翼，不過從他生硬的動作中可看出他平常很少做這種事。安然原本打算自己來，然而他手上有傷實在不方便，也就只得讓林俊動手了。幸好林俊雖然不熟悉，但動作卻很輕巧小心，因此倒沒有把安然弄得太痛。

安然身上的傷口大都是避開樹枝或摔倒時的擦傷，傷口並不深，上了藥很快便會痊癒。反倒是手上被瓦片割破的傷口有點深，經常碰水也許會有發炎的危險。

爲安然清洗傷口的林俊雖然沒說什麼，但已暗暗決定這幾天都到外面吃，煮飯什麼的等安然手上的傷好了再說。

處理好傷口後，眾人再度聚在一起。因爲有著完全不知道事情始末的白樺在場，安然便由他初次看到紅衣女童開始，將事情從頭說了一遍。

林鋒聽到安然的話時目光閃了閃，有點意外安然對白樺竟然如此毫不保留。也不知道他們在外面發生了什麼事情，有別於以前兩人生疏的關係，現在安然顯然把白樺視爲值得信任的朋友看待。

作爲老對手，林鋒不介意用最大的防備與惡意，來推測白樺接近安然的目的。白樺很會做人，當他想要討好一個人時，是很難讓人拒絕的。而且白樺手段高明，不單不讓人感到厭煩，而且還完全不覺得他的接近帶有任何刻意成分。

林鋒不確定白樺對安然的親近，是因爲眞的喜歡對方，還是別有目的。

不過仔細想想，與安然打好交道，對白樺來說有什麼好處？安然說白了就只是他們的同居人，甚至還不知道林家的事情，白樺根本無法從安然口中打聽到任何有用的情報。

至於安然是他們的親屬……這點就連林鋒也是剛剛才知道，白樺就更加不可能知曉了。

既然如此，白樺根本不須特意討好安然，或許……他對安然的好是真心的。

雖然得出了這個初步無害的結論，但林鋒還未完全相信白樺，他還是會好好監視著這兩人的互動。

畢竟白樺這頭狐狸絕對能讓人被賣掉後還幫著數錢。在不知道安然身分的時候，林鋒已經認下這個兄弟了，現在知道他們之間有著血緣關係，林鋒便對安然的安危更加重視，可不能讓他被人欺負！

林鋒邊想著事情，邊聽著安然敘述剛剛發生的精彩經歷。這聽起來彷彿小說情節般的故事，其中藏著的危險並不比眞實的刀光劍影少。

聽到事情的後半段經過，林鋒明白了安然對白樺的態度爲何會變得如此信任親暱了。救命之恩，再加上白樺本就很容易給人好印象的關係，難怪安然這麼快便把對方視爲自己人。

劉天華則對承載了邪靈魂魄的媒介很感興趣，雙眼亮晶晶地詢問安然：「你把那卷人皮帶走了嗎？」

安然看向白樺，而對方也不是不懂變通的老古董，並沒有因爲那媒介或許是人皮，就收起來不讓人看。

白樺深知要不是安然他們，這人皮也許永遠沒有重見天日的一天。更何況這東西涉及到他不明瞭的領域，讓劉天華看看，也許能夠找出一些警方無法察覺到的線索也說不定。

因此白樺並沒有多說什麼，很乾脆地把東西拿了出來。只是在交到劉天華手上時，特意叮囑道：「這東西已經硬化，變得有點脆弱，要揭開時請小心一點。」

白樺乾脆俐落的態度，瞬間獲得劉天華的好感。他明白這東西要是眞是人皮所製，不但是很有趣的「研究材料」，還會是警方重要的證物。因此揭開時，劉天華一改往常粗手粗腳的習慣，動作變得小心翼翼。

在劉天華慢慢展開人皮之際，白樺從側背包取出了一些瓦片；安然認得這些破舊瓦片，是白樺從荒廢校地上特意撿回來的。

雖然不知道白樺爲什麼要取出瓦片，但眾人顯然對於那卷人皮更感興趣，因此並沒有太關注。倒是林鋒了解白樺，知道這個人做任何事都不會沒有目的，因此多看了那些瓦片兩眼。

白樺取出瓦片後並沒有說話，而是與眾人一起觀察著攤開來的人皮。

這人皮不知道是怎樣處理的，掛在樹上日曬雨淋應該好一段時間了，但還是保存得很不錯。看著展開人皮的尺寸與形狀，林鋒皺起眉頭，道：「是小孩子的人皮，而且是一整副被人剝落下來的人皮！」

安然聽到林鋒肯定的話語，雖然已有著心理準備，但還是不由自主地稍稍退後一步，下意識想與放在桌上的人皮保持一定距離。尤其想到這人皮是屬於小孩子的時候，安然立即便想起那個紅衣女童的邪靈。

過了一會兒，安然才壓下噁心感，再次把視線投放在人皮上。仔細察看下，才發現人皮上有著密密麻麻的紋身。這些紋身遍布整張人皮，身上任何一個部位都沒有倖免。只是因爲人皮的顏色已經變得很深，不細看便不會發現。

安然不知道這些紋身是在孩子活著還是死了以後才刺上去的；他很希望是後者，如果是在活著的時候下手，那這孩子也受太多苦了。

原本捲成一束的人皮在展開時，掉出了些微泥土與碎玻璃。少少的分量完全被眾人忽略，但白樺卻把它們收入到一個證物袋裡。

「誒！這些瓦片……不對！這些是瓷片才對！」正在把玩那些白樺在離開前特意撿回來的瓦片的林俊，一臉驚奇地說道。

聽到林俊的驚呼，安然把視線投放在那堆「瓦片」上，果見先前他誤以爲是瓦片的東西，實際上比瓦片細緻光滑得多，在灰樸樸的灰塵下更顯出與瓦片不同的白色外表，果然這些都是瓷片才對。

白樺接過林俊手中的瓷片，解釋道：「我一直很好奇那副人皮是怎樣來到樹上的。後來看見地面的瓷片時，我便有了一些想法。」

說罷，白樺取起其中一片瓷片，道：「這些瓷片與作爲天花板的碎瓦片在夜色中看起來很像，要不是它們的觸感不同，我差點便忽略了它們。」

把手中的瓷片拼湊起來，勉強形成一個瓷蓋罐的形狀，白樺續道：「這應該是瓷蓋罐的一部分，我猜測人皮一開始是放在瓷蓋罐內，並被人埋在泥土中。我想把瓷蓋罐埋下去的人，應該想像不到學校荒廢太久後，教室裡竟長出數棵能夠把瓦頂撐破的大樹吧。他沒有把瓷蓋罐埋得很深，而大樹在成長過程中，樹根便把瓷蓋罐從泥土裡擠了出來。」

林俊質疑道：「即使樹根眞的這麼給力，但這人皮又是怎麼到了樹枝上的？」

在這裡居住時間最久的安然，卻想起很久以前與管理員閒談時，曾聽說過的八卦：「這麼說來，我記得這座校舍因爲荒廢太久，曾有吸毒者看中那裡沒人出入，便躲在裡面吸毒。後來被揭發後，這間學校才裝上鐵絲網，以免閒雜人能夠輕易進去，但仍然有不少人會偷溜進去。那瓷蓋罐只要從泥土裡露出一部分，一旦被人看見，應該會誤以爲是一些珍貴的東西而整個挖掘出來吧？也許是有人把它挖出來，並且將裡面的人皮取出，發現不是名貴物品後，便隨手將它丟棄了。」

林俊點點頭，道：「那裡曾有吸毒者躲藏一事我也曾聽過，但那些人怎知道這瓷蓋罐不值錢。他們又不是專家，這種古式設計的瓷蓋罐被煞有介事地埋在地下，不知道的人也許還會以爲是古董耶。」

此時，同樣拿起瓷片察看的劉天華，突然笑道：「你看這一片，正好可以解答你的疑問。」

林俊一臉疑惑地接過瓷片，發現這片瓷片質地較粗糙，應該是瓷蓋罐底部的位置。

只看了一眼這瓷片，林俊秒懂了。

瓷片上，用英文字寫著「Made in China」……

「好吧。這的確是一看便知道不値錢的古董。即使如此，那卷人皮又是怎樣跑到樹上的？別告訴我是樹木長大時不小心把它勾起來的。」林俊繼續質疑。

「爲什麼不呢？我們不能排除這個可能性。」白樺說罷，在林俊想要反駁時，便已先一步說道：「另外，我還有個假設，人皮裡不是混了一些碎玻璃與泥土嗎？這一帶常有烏鴉出沒，而這種鳥卻是最喜歡閃亮的東西了。」

劉天華聞言，頓時傻眼：「所以，你想說因爲那卷人皮混了些碎玻璃，烏鴉便把它帶往樹上，然後又讓你們恰巧發現的嗎？有沒有那麼巧？」

「很巧嗎？其實這種狀況我還見過不少。」白樺勾起嘴角，緩緩細數：「被丟棄在荒野的骸骨，恰巧被迷路的登山客發現；與石頭一起放入行李箱丟進海裡的屍體，卻被漁船打撈起來……我遇過很多這種類型的案件，屍體明明已經被藏得很好，卻總是以讓人想像不到的方式被發現。正所謂天網恢恢，疏而不漏，也許這個世上眞的有些事情，是上天註定的吧？」

見眾人一臉深思的神情，白樺笑道：「我會把人皮與這些瓷片，以及泥土與碎玻璃帶回去化驗。要是這人皮眞的存放在瓷蓋罐裡，並曾藏於泥土中，是能夠被化驗出來的。不過它接下來到底經歷了什麼才到了樹上，卻是再精密的儀器也無法調查的。」

眾人點點頭，皆不約而同地把注意力放在人皮上。這東西是怎麼來到樹上的，安然他們雖然有點好奇，卻不是太在意。能否透過這東西，從而找到背後製作它的術士，反而是安然他們比較在乎的事情。

劉天華仔細打量人皮良久，接著拿起手機替人皮拍下不少照片，就連推測也許是用來存放人皮的瓷蓋罐的碎瓷片也不放過。

把需要的資料全部拍攝下來後，劉天華才指著人皮上的符文開始解釋：「我對這方面並不是太了解，這些紋身也許是有著鎖魂力量的符咒。這非常符合我們先前的猜測——有術士利用邪靈來修煉。」

說罷，劉天華再細細打量這些符文好一會兒，續道：「被邪靈害了性命、且禁錮著的魂魄，應該是我們在電視螢幕中看到的那些人。唯一值得慶幸的，是在那名術士前來『收割』前，禁錮他們的邪靈已經被安然消滅，那些靈魂應該已經重新投入輪迴了吧。」

「那……那個穿紅衣的小女孩呢？」

聽到安然的提問，劉天華嘆息道：「她害了那麼多人，即使沒有魂飛魄散，也不知道投入輪迴後要經歷多少世來償還這個業障了。」

安然不禁同情起她來：「可她是被逼迫的啊！也不是她想要害人的。」

劉天華拍了拍安然的肩膀：「但下手的終究是她對吧。安然你還記得先前看到她的狀況吧，那個女孩的靈魂早已被恨意扭曲。正所謂可憐之人必有可恨之處，你就別瞎操心了，天道的裁決是絕對公平的。」

「可是……如果天道是公平的，爲什麼會讓那種邪惡的術士逍遙法外呢？」

劉天華聳了聳肩：「你又怎麼知道那個人能夠一直逍遙法外？安然，有時候有些事情不是不報，只是時候未到。例如你這次受到邪靈的騷擾，最終不但把她消滅了，還讓大家知道有這麼一個邪惡的術士存在，你不覺得這一切都是天意嗎？」

林俊笑道：「天華，你不會想說是天道選擇了安然，讓他來替天行道吧？那下次會不會輪到我要去拯救地球？」

林俊這句話本來是開玩笑的，怎料劉天華卻頷首道：「事情也許眞是這樣。如果是命運故意驅使安然這麼做，那麼，只怕安然與背後的那個邪惡術士之間，有著很重的因果關係。」

安然聞言後頓時覺得不好了。一想到自己也許與那個可怕的人有關聯，他便心生寒意，連連揮手說道：「別別別！我可不要與那麼變態的人有什麼關聯！」

那可是活剝人皮的變態殺手耶！

「這個嘛……誰知道呢。不過嘛，正所謂國有國法、家有家規，我們這一行有時候雖然能夠殺人於無形、甚至凌駕於法律之上，但行事太過的話，卻會受到所有同行排擠，成爲人人喊打的過街老鼠。畢竟有人壞了規矩，便很有可能讓我們受到國家的注視，最終引來政府的打壓。想想上一代的時候，風水學說等等被打壓得多慘？因此只要出現了害群之馬，先前不知道便罷，現在既然知道了他的存在，那麼我們便不會不管。我雖然對這方面不太擅長，但是呢……」劉天華搖了搖手機：「正所謂高手在民間，我相信總會有人能夠憑著這些線索找到凶手的。」

林俊好奇詢問：「找到人以後，你們會怎麼做？殺了他嗎？」

一旁的白樺聞言，不由得挑了挑眉。

看到白樺的動作，劉天華立即澄清：「阿俊你可別胡說！怎麼可能呢。當然是交給政府處理。雖然我也只是聽說，但政府總有個機制來處理這些凶徒的，雖然這股力量不會公開就是了。」

說到這裡，劉天華神祕兮兮地壓低了聲音：「聽說，只是聽說而已啦！聽說唐銘也是那方面的人呢！」

除了不認識唐銘的白樺外，所有人聞言都愣了愣。想到那個淡然出塵、彷如不食人間煙火的唐銘，一點兒也不像個……特務？公務員？超級英雄？

眾人突然不知道該怎樣定位這股處於暗處的勢力才好……

看到他們有趣的神情，劉天華偷笑了一下，隨即笑道：「所以這件事情，安然你也不用太擔心。總而言之，我們這邊自會有人追查；另外，警方也不會置之不理的，對吧？」

看到眾人投來的視線，白樺頷首說道：「當然。」

「既然如此，那事情就這樣吧。安然，你別想太多，交給他們處理就好。」林鋒滿意地點點頭，並做出了結論。

林俊伸了個懶腰，道：「故事聽完了，既然沒有我們的事，我也去洗個澡睡覺了，今天眞是累死我啦！」

劉天華揶揄道：「阿俊，你這麼快就不行了啊？年輕人啊，體力未免太差了啦！」

只要是男人，對於「不行」這兩個字總有特別大的反應。林俊也不例外，立即一臉黑線地反駁：「你才不行！你全家都不行！」

被林俊氣急敗壞的反應逗得哈哈大笑，劉天華揮揮手，不再理會被他無所謂態度氣得跳腳的林俊，回家梳洗睡覺去。

白樺也告辭道：「那麼，我也該離開了。」

安然挽留著說：「這麼晚，白警官就在我家裡借宿一晚吧。」

白樺微笑著婉拒了安然的好意：「不了，既然有了新發現，我得盡快通知警署才行。」

聽到是正經事，安然便不再挽留。雖然對他來說，這人皮不知道在校舍放了多久，要調查也不差這一晚。但安然也知道，白樺對待案件的態度非常認眞，為了交換情報，因此接受安然的提議，先上他家梳洗一番。然而做完這些事情後，白樺便立即再度投入了工作中。

看到客人們全部離去，林鋒拍拍安然的肩膀，道：「昨晚睡得不好，今天又受了傷，早些睡吧！」

安然點點頭，並且在心裡期待起來，今天終於可以放鬆心情好好睡一覺了。

這一晚，安然才剛沾上枕頭，便立即陷入沉睡。

沒有敲門聲、沒有任何奇怪事件，安然睡得格外香甜。

異眼房東の日常生活

尾聲

身爲白樺的下屬，顧東明等人一向以這位工作能力出眾的上司爲榮。可同時，卻又爲這位上司的任性與幹勁而苦不堪言。

就像現在，白樺一聲令下，他們便要立即趕至現場，並且再度忙成了狗。明明不是他們特案組應該負責的案件，他們卻只能在心裡默默流淚，承擔著這突如其來的工作分配。

他們實在不明白，頭兒不是心血來潮調查鞦韆意外案嗎？怎麼會走到廢置的校舍裡，還被他發現一卷人皮，這也太神展開了吧!?

顧東明邊在心裡感慨自己攤上這麼一個奇葩上司，邊封鎖現場，並努力在校舍裡搜集著白樺遺漏了的證物。

忙了一晚後，第二天一早，眾人便忙著向四周居民搜證，並且化驗人皮與瓷片。隨著找到愈來愈多線索，一行人也抽絲剝繭地展開了搜查。

當安然接到白樺的電話、約他到兩人初次見面的那間咖啡店時，已經是兩個星期以後的事情了。

這一次沒有了記者陳清，陪同白樺一起赴約的，卻換成了與安然有過一面之緣的顧東明。

感受到安然探究的視線，顧東明苦笑著解釋：「是我硬要跟來的，最近我們陸續因其他案件忙了起來，萬一頭兒這次見過你後，又心血來潮找來一些新工作，我們就真的要撞牆了。我是眾多兄弟派來盯著頭兒的，安然你就直接忽略我好了。」

聽到顧東明的解釋，安然再看看白樺。只見白樺臉上一如以往般掛著淡淡的微笑，神情溫和得就像是從畫中走出來的翩翩公子，引來不少女生偷偷望來的視線。

聽到下屬充滿血與淚的指控，白樺卻是看也不看，一副忽略得很徹底的模樣。

安然突然發現白樺這個人雖然看起來溫潤如玉，但內心卻絕對是個能夠把下屬最後一絲精力都榨取殆盡的魔鬼上司。

朝顧東明同情地點了點頭，安然並沒有再糾結於對方的存在。反正顧東明知道他看得見鬼魂，上次叮鈴一案已經夠詭異了，現在再多一件人皮案，相信顧東明應該也能夠接受吧？

安然這麼想著，突然生出惡劣的心思，想看看顧東明知道這宗案件再次涉及靈異問題時的表情了。

三人選了較隱蔽的角落，附近位子也沒有客人，正適合他們說話。

坐下後，白樺便取出一些相關資料。看到這些涉及案情的資料時，顧東明嘴角直抽，不過倒是沒有出言阻止上司的行徑。

白樺指了指其中一份文件，道：「那宗人皮案的死者身分查出來了，她叫夏曉琳，在十六年前失蹤，當時只有八歲。」

安然看到照片中那個拿著洋娃娃、笑得一臉燦爛的小女孩，痛苦地閉上雙眼：「是她。」

白樺默然地點了點頭。

平復一下心情後，安然便開始看著文件裡的資料，白樺在旁解釋：「這是人皮與瓷片的化驗報告，那些瓷片確定出自同一個瓷蓋罐，並且也確認了人皮曾存放在瓷蓋罐裡，再埋在泥土下。」

說到這裡，白樺頓了頓，這才續道：「還有那些紋身……是在孩子還活著時刺上去的。」

聽到白樺的話，安然拿著文件的手顫抖了下，良久，才應了聲：「嗯。」

白樺喟嘆一聲：「那麼小的孩子，不可能有什麼仇家。她的父母也沒有得罪任何人，因此我們朝凶手是變態戀童癖的方向調查。」

沉默良久，安然這才以乾巴巴的嗓音說道：「你明知道不是。」

白樺沒有申辯，點點頭承認：「是的，但我不可能把那個猜測寫在報告上。」

安然只覺得心裡有團怒火正熊熊燃燒著。他知道怪不得警方，也怪不得白樺。身爲警察，白樺已經做得很好了，他甚至攬下了比負責範圍更多的工作量，就只是爲了讓死者能夠沉冤得雪。

可是、可是……那個孩子，那麼小的一個孩子，還有那些被邪靈害死的人，這些人已經在安然心底紮了根，留下深刻的印象。

只要一想到那個爲了一己之私，而害死那麼多人的術士居然逍遙法外，安然就覺得恐懼，但更多的卻是忿怒！

安然並不希望把這怒火發洩在不應承受這些的白樺身上。因此他一直壓抑著怒意，直至心情略微平復，才向白樺詢問：「這些資料，我可以拍下照片嗎？」

白樺彷彿早已猜到安然會這麼問，想也不想便回覆：「人皮與瓷片的報告是內部機密，你不能留有存檔。但受害人的資料……我詢問過女童的父母，他們允諾，如果對尋找殺害他們女兒凶手有幫助的話，這些資料公開也沒關係。」

獲得白樺的許可，安然取出手機拍下夏曉琳的資料，並且傳給劉天華。隨即三人便不再繼續這個話題，心情略帶沉重地喝完面前的飲料，便各自離開。

分別時，白樺安慰道：「安然，這不是你的責任，你不用覺得有心理負擔。雖然我們警方不能在檯面上調查那個術士，但也會在暗處注意著。而且你那個對這方面很有研究的朋友，不是說過他們不會置之不理嗎？那個幕後黑手逍遙不了多久的，你開心一點吧。」

安然道：「天華曾說過，我這次的倒楣遭遇也許是天意。是天道經由我的手，讓那個逆天而行的邪惡術士暴露出來。那時候我只是想著，該怎樣與這件事劃清界線。可是現在，卻又無比慶幸因爲我的關係，令那個害了那麼多人、早該下地獄的混蛋暴露出來！」

安然頓了頓，無力地揉了揉臉，隨即苦笑道：「我沒事，就是很生氣，也有點不甘心。」

白樺點點頭，他明白安然心裡不好受，可他又何嘗不是如此？

此時，安然突然想起什麼般，詢問道：「白警官，我有個不情之請，不知你能否幫我一個忙？是有關……」說到這裡，安然停了下來，似乎猶豫著不知該從哪裡說起。

白樺問：「是有關鬼魂的事情？」

安然頷首道：「是的，有個數面之緣的人……他在不久前於大陸去世了。我想查一下他的事情，他的資料我要詢問一下同事，晚些可以傳給你。」

說罷，安然便把敏兒打探到有關焦炭君的事情，簡單告訴了白樺。

白樺想了想，便應允下來：「可以，但涉及大陸那邊的話，我未必能夠查探到太深入的資料。」

獲得白樺應允幫忙，安然大喜：「真是太感謝你了，希望不會太麻煩你。」

看著安然離去的背影，顧東明悲鳴道：「我回去一定會被他們揍死的！頭兒你應允得那麼乾脆，別忘記我們正追查著一宗大案子，都快忙死了。」

白樺微微一笑，抱著雙臂沒有作聲。他看著顧東明的眼神既專注又溫柔，令人有種全世界都不在乎、眼中只有對方的錯覺。再加上白樺出色的容貌，這種眼神實在殺傷力驚人。即使是對他的魅力有著一定抵抗力的顧東明，在白樺刻意爲之的動作下還是瞬間呆住了。當顧東明回過神來時，想要抱怨的對象卻已走得遠遠的。

嗚嗚～頭兒好過分！竟然還用美男計！

顧東明快步追上白樺，剛剛才看上司看得愣住了，現在顧東明也沒臉再向白樺抱怨什麼，只低聲嘀咕一句：「想不到頭兒你對安然那小伙子那麼好。」

「因爲那孩子很有意思，不是嗎？」白樺笑道：「也許只有在這種年輕有衝勁的年紀，才能夠那麼義無反顧地爲了別人的事情而生氣、如此直率地表達出自己的不甘心吧？看到他那麼努力，我便不由得想要幫忙了。」

「那小子人是不錯啦。不過頭兒你的年紀也大不了他多少，別說得自己好像是個老頭子的樣子。」顧東明道。

「大概是我的心態已經老了吧。幹我們這一行，看過太多陰暗的東西，早已沒有安然這種坦率與眞誠了。」

在繁榮的都市背後，總是藏著不少黑暗、骯髒的事物。而白樺他們這些警察，爲了讓這個國際大都會能夠一直保持和平穩定，努力清除著一切負面的事物。

可是直至今日，白樺才知道原來還有一種黑暗，是隱藏在更深處的地方。而且遠比他所想像的，對社會有著更大的危害性！

這個新的認知，讓白樺無法不在意。因此作爲他與那個黑暗世界的橋梁，安然的存在便變得很重要了。而他也不介意在能力範圍內，給予這個印象不錯的青年一些協助。

看著面前熙來攘往的路人，初次接觸到那個世界的白樺，突然覺得此刻生活著的地方，遠比自己想像中的更神祕、也更加精彩。

《異眼房東的日常生活03》完

卷四〈死亡凶夢〉十月・出版預定

後記

大家好，歡迎來到了後記時段XD

故事來到了第三集，阿俊的未婚妻、我們可愛的小欣宜終於出場了！

有了林家三兄弟這些「高富帥」，女孩子這邊又怎能少得了「白富美」呢？

雖然《異眼房東》這個故事中，至今出現過各式各樣的女孩子，例如有點八卦的敏兒、溫柔的郭雨玲，以及女強人代表陳清，但大家似乎都把焦點放在各個帥哥角色的身上啊！

其實《異眼房東》還是有很多出色的女角色啦！大家不要只顧著看帥哥喔！

希望這位一出場便有點「想太多」的腦補帝小欣宜，能夠在爲大家帶來歡樂的同時，也能獲得大家的喜愛吧！

寫後記時正值颱風橫行的季節，接連有三個颱風逼近香港，現在還掛著八號風球呢！（八號烈風或暴風信號，是香港的熱帶氣旋警告信號，一般俗稱為「八號風球」。）

每到夏季總會有颱風襲港，還好香港這個地方並沒有嚴重的天災，因此每到颱風來臨時，大家所在意的焦點大都是能不能因此而放假一天。只因八號風球時，香港會停工停課，所以大家都渴望著颱風假的來臨啊！

可惜不知道天文台（氣象台）是不是故意的，總喜歡在黃昏或凌晨時段才掛八號，結果往往大家都要在上下班這種尷尬的時間趕回家（或公司）裡，這時候巴士站啊、火車站啊都會擠滿了人，真的很討厭啊！

最近我在學習攝影，昨天與同學們到尖沙咀進行拍攝夜景的實習。

這還是我第一次外出拍攝夜景，感覺滿新奇的。也許因為與同學們在一起，大家有說有笑的，並不覺得時間很難過，不知不覺便待了兩個多小時。

當天除了拍下維多利亞港的景色外，還首次嘗試用30秒快門拍出車軌的效果。以前一直覺得很不可思議的照片，真正操作時卻發現意外地簡單。老實說，如果只有我獨自一個人，應該是不會特意外出去拍這些照片的。因此能夠順利完成拍攝，而且出來的照片也很滿意（至少在我這個菜鳥眼中是滿漂亮的），眞的是很心滿意足的一件事情啊！

因爲想要好好考慮應該購買什麼型號的相機，不想草率下決定，因此這次外拍時所用的相機與腳架都是向人借的。眞的非常感謝願意把器材外借給我的兩位恩人，讓我能夠領略到拍攝的樂趣。

距離寫後記這天還有兩星期左右的時間，便是香港書展的簽書會了。這應該是我在香港第四年舉辦的簽書會，有種時光飛逝的感覺呢！因爲香港的書展每年都是在七月份舉行，此時正値香港的雨季，因此前幾年簽書會那天的天氣都不太好，希望今年能夠有著晴朗的好天氣。

也很期待能夠與香港的讀者們見面，非常感謝大家一直以來的支持！

香草

國家圖書館出版品預行編目資料

異眼房東的日常生活 / 香草 著.——初版. ——台北市：魔豆文化出版：蓋亞文化發行，2015.08
冊； 公分.
ISBN 978-986-5987-70-1（第3冊；平裝）

857.7 104005175

fresh FS090

異眼房東の日常生活 03 夜半門鈴

作者 / 香草
插畫 / 水梨 封面設計 / 克里斯
出版社 / 魔豆文化有限公司
地址◎ 台北市103赤峰街41巷7號1樓
電話◎（02）25585438 傳眞◎（02）25585439
部落格◎ gaeabooks.pixnet.net/blog
臉書◎ www.facebook.com/Gaeabooks
電子信箱◎ gaea@gaeabooks.com.tw
投稿信箱◎ editor@gaeabooks.com.tw
郵撥帳號◎ 19769541 戶名：蓋亞文化有限公司
發行 / 蓋亞文化有限公司
法律顧問 / 義正國際法律事務所
總經銷 / 聯合發行股份有限公司
地址◎ 新北市新店區新店市寶橋路二三五巷六弄六號二樓
電話◎（02）29178022 傳眞◎（02）29156275
港澳地區 / 一代匯集
地址◎ 九龍旺角塘尾道64號龍駒企業大廈10樓B&D室
電話◎（852）2783-8102 傳眞◎（852）2396-0050
初版一刷 / 2015年8月
定價 / 新台幣 180 元
Printed in Taiwan

ISBN / 978-986-5987-70-1

魔豆